一個人閱讀 一個人思考

Francis Scott
Fitzgerald

史考特・費茲傑羅 著

劉霽 譯

冬之夢
Winter Dreams

費茲傑羅短篇傑作選

目錄

崩潰三部曲

冬之夢
Winter Dreams

1

有些桿弟一貧如洗，住在無隔間的小屋裡，前院還養了頭神經衰弱的乳牛。但德克斯特．葛林的父親擁有全黑熊村第二大的雜貨店──最大的一家名叫「樞紐」，雪利島的有錢人經常光顧──而德克斯特當桿弟只是為了賺點零花。

當秋日漸漸陰涼，漫長的冬日像白色盒蓋緩緩罩上整座明尼蘇達，一片皚然的高爾夫球場盡是德克斯特在覆雪球道上滑行的痕跡。每每到了這個時節，他總會因鄉間景色而不勝悃悵──整個長冬，被迫歇業的球場竟讓吱喳不休的麻雀給強占去了，真叫人不快呀。看著原本在夏日飄揚著鮮豔旗幟的開球區，而今卻只剩及膝冰層凍結的荒涼沙地，此等景緻也使人煩悶。他穿行於斜坡時，刺骨的寒風陣陣襲來；若太陽露臉，他就會邊踏著沉重步伐，邊瞇著眼仰望炫目無垠的日光。

到了四月，冬景驟然消逝。等不及揮桿的球客已捷足先登，趁融雪潺潺流進黑熊湖之際敲擊著紅球和黑球。未聞萬物的雀躍之聲，也未見滋潤萬物的春雨，隆冬就這麼悄然無息地離開了。

德克斯特自知北方的春天有股沉鬱之氣，如同秋日也有其美好宜人之處。在秋天，他雙手交握、打著寒顫，獨自重覆著愚蠢的語句，粗聲粗氣地對假想的圍觀群眾頤指氣使。於十月孕育而生的滿懷期待，到了十一月已升格為一種勝利的狂喜，就在這種心情下，雪利島上那些短暫而鮮明的夏日記憶都成了他隨意取用的境成素材。他成了高爾夫冠軍，在一場精采絕倫的比賽中擊敗了海德里克先生，而這場比賽已經在他想像的球道上搬演過上百回，當中的每個細節也被不厭其煩地修了又修——有時他贏得不費吹灰之力，有時又來個漂亮的大逆轉。一次次，他擺著莫提瑪．瓊斯先生的姿態步出名貴的老爺車，旁若無人地晃進雪利島高爾夫球俱樂部的休息室——又或許，在旁人欽羨目光的簇擁下，他登上俱樂部浮台的跳板，秀了一招花式跳水……而莫提瑪．瓊斯先生本人也在那群瞠目結舌的圍觀群眾之中。

想不到這事竟然發生了：瓊斯先生（是本人而非幻影）眼眶含淚走向德克斯特，說德克斯特是俱樂部最——優秀的桿弟，能不能看在瓊斯先生的分上就別辭職了吧，因為俱樂部裡其他桿弟全都讓他每打一洞就要遺失一顆球——少有例外——

「不了，先生。」德克斯特口氣堅決。「我不想再替人揹桿撿球了。」稍微停頓一下之後，又說：「我太老了。」

「你連十四歲都還沒滿啊。一大清早就突發奇想說不幹是搞什麼鬼？你明明答應下週要跟我去參加州際錦標賽的呀。」

「我認為自己太老了。」

德克斯特繳回他的「Ａ級」徽章，向桿弟領班領了應得的薪津後，便走回黑熊村的家。

「我見過最——優秀的桿弟！」當天下午，莫提瑪・瓊斯先生一杯酒下肚後高聲叫嚷：「從沒丟過球！積極！聰明！安靜！誠實！懂得感恩！」

這一切都要怪一名十一歲的小女孩——就像那些幾年後註定要顛倒眾生，叫許多男人受盡悲苦的小女孩一樣，她醜得很漂亮。但她身上閃耀的光芒已清晰可辨。她一笑，往下噘的嘴角帶著絲絲邪意，還有——救命哦！——她雙眸流轉間那近乎激情的神采。

這類女人在小小年紀就充滿了活力與熱情。現在從她單薄身形中迸射而出的耀人光芒，即是明證。

九點一到，她便急切地踏上球場，身旁跟了一位穿白色亞麻套裝的褓姆替她揹著白色帆布袋，袋裡裝了五枝小尺寸的新球桿。德克斯特初次見到她時，她正站在桿弟房舍旁，一副侷促不安的模樣，還想藉著跟褓姆交談來掩飾，不過她吃驚的表情和沒來由的鬼臉，卻讓交談顯得極不自然。

「嗯，天氣真好啊，希兒妲。」德克斯特聽到她說。她撇嘴一笑，悄悄打量著四週，移動的目光有那麼一剎那落在德克斯特身上。

然後轉向褓姆。

「哎，我看今天早上來這兒的人不多嘛，對吧？」

又是嫣然一笑——容光燦爛、矯揉造作——令人傾倒。

「我不知道現在該做什麼才是。」褓姆茫然四顧。

「哦，沒關係。包在我身上。」

德克斯特嘴脣微張，一動不動地站著。他知道若再向前一步，他的凝望就會落入她視野之中，但若向後一步，又無法看見她整張臉。當下他沒意識到她的年紀有多輕。現在他想起來了：他去年曾見過她幾次——當時的她穿著燈籠褲。

突然，他噗哧了一聲，不由自主地笑了出來——接著，被自己嚇到的他連忙轉身快步走開。

「小哥！」

德克斯特停下腳步。

「小哥——」

毫無疑問是在叫他。不只如此，她還對他報以那難以理解、顛倒莫名的笑容——至少會讓一打男士到中年還難以忘懷。

「小哥，你知道高爾夫球教練在哪裡嗎？」

「他正在上課。」

「那桿弟領班呢？」

「今早還沒出現。」

「喔。」她一聽，一時也不知該作何反應，於是佇在那兒，重心在左右腳間替換。

「我們需要一個桿弟。」褓姆說：「莫提瑪．瓊斯太太讓我們出門打高爾夫球，沒有桿弟這可要我們怎麼打？」

瓊斯小姐凶狠地瞥了她一眼，將她的話就此打住，旋即又換上那副笑容。

「我是這兒唯一的桿弟。」德克斯特對褓姆說。「在領班出現之前，我得一直待在這裡值班。」

「喔。」

然後，瓊斯小姐和她的隨從走開，等到與德克斯特拉出適當的距離後，便開始熱烈爭論起來，最後瓊斯小姐抽出一枝球桿，猛力往地上一甩。為了加強效果，她又拾起地上的球桿，正準備朝褓姆的胸口一揮，褓姆連忙抓住球桿，從她手上扭了下來。

「你這卑鄙該死的老東西！」瓊斯小姐發狂似地吼道。

接著又是一番爭執。德克斯特看出這幕鬧劇蘊含的喜劇成分，好幾次都忍俊不禁，但總在發出笑聲前克制了自己。他曉得這樣的念頭很荒謬，但就是按捺不住地想，那祩姆真是活該挨小女孩揍。

桿弟領班的出現適時化解了這局面，祩姆立刻向他投訴。

「瓊斯小姐要找個小桿弟，但這位桿弟說他走不開。」

「麥肯納先生說你到之前，我都得待在這裡。」德克斯特連忙說。

「好啦，他來啦。」瓊斯小姐興高采烈地朝桿弟領班笑著，然後扔下球袋，趾高氣揚地走向開球區。

「怎麼？」領班轉向德克斯特。「你還呆呆站在那裡幹嘛？還不去把小姐的球桿撿起來。」

「我今天不想撿球了。」德克斯特說。

「你不想——」

「我想要辭職。」

如此離經叛道的決定連他自己都嚇了一跳。他是最受喜愛的桿弟，況且湖區週遭，只有這裡的夏季月薪高達三十美元。但他受到強烈的情感衝擊，騷動不安的情緒需要劇烈而立即的出口。

事情也並非這麼簡單。往後，這類情形將一再重演，德克斯特已不知不覺為他的冬之夢所掌控了。

2

當然，這些冬之夢的內涵和時宜性都在遞變，但夢的本質依舊。幾年後，它們說服了德克斯特放棄州立大學的商學院課程——他的父親現在生意興隆，本應該很樂意負擔這筆學費——轉而投向虛幻的前景，進入東岸一間歷史更悠久、更具名望的學府，他的日子也因此過得更為拮据。但千萬別因為他的冬之夢一開始剛好源於對財富的省思，就認為這孩子不過是個勢利眼。他並不想攀附富麗堂皇的事物或光彩奪目的人士——他要的是那光彩本身。他往往一伸手就拿取最好的，卻不明白自己為何要這麼做——有時候他也會遇上滿布於人生中那些不可解的橫逆與挫折。這篇故事就是要陳述其中一個難以得償的夙願，而非他人生的全貌。

他賺了錢。這倒出人意料。大學畢業後，他去了黑熊湖區那些有錢主顧群聚的城市。在當地待不到兩年，就有人對當時年僅二十三歲的他議論紛紛：「有個年輕人啊⋯⋯」他週遭的富家子弟不是在玩債券、炒祖產，就是孜孜苦啃著二十四冊的《喬治・華盛頓商學課程》，但德克斯特卻憑藉大學文憑和滿口的自信借到一千美金，買下一家洗衣店的股份。

那家洗衣店在他剛入股時還沒什麼規模，不過德克斯特習得一項專門技術，知道英國人洗高級羊毛球襪卻不縮水的竅門，不到一年他就負責接待起那些穿著燈籠褲的闊綽客戶了。人們堅持要把昔德蘭長統襪跟毛衣送到他的店洗，一如他們堅持桿弟就要能找得到高爾夫球才行。再過不久，他也洗起他們太太的貼身衣褲來——並分別在城裡不同的地區增設了五家分店。不到二十七歲，他就擁有了當地最大的連鎖洗衣店。就在那時他賣掉持股，前往紐約。不過，且先讓故事回到他剛嶄露頭角那時開始說起。

在他二十三歲那年，哈特先生——那些鬢髮灰白，喜歡議論「有個年輕人啊」的男人之一——給了他一張雪利島高爾夫球俱樂部的週末臨時貴賓卡。於是有天他在櫃台簽下自己的名字，並在當天下午和哈特先生、山伍德先生及海德里克先生打了一場四人球賽。他認為沒必要提及那些往事，告訴他們自己曾在這同一座球場上揹過哈特先生的球袋，且每個球坑和每條溝渠的位置他都瞭若指掌——但他仍情不自禁地覷著跟在身後的四名桿弟，想要從他們身上捕捉一個眼神、一個動作，讓他回想起昔日的自己，讓他縮窄自己現在和過去間的那道隔閡。

那是奇特的一天，不時有股熟悉感驀地從他心上掠過。前一分鐘他還覺得自己是個侵入者，下一分鐘卻自詡比海德里克先生優秀千百倍，非但嫌人家煩，甚至認為他連高爾夫球都打不好。

接著，由於哈特先生在第十五洞果嶺附近掉了顆球，一件大事發生了。當他們在深草區的密叢中找球，一聲清楚的「前面當心！」自後方小丘傳來。他們馬上停了下來、猛地轉身，只見一顆明亮的新球飛快切過小丘，擊中海德里克先生的腹部。

「要命！」海德里克先生叫著：「他們實在應該把這些瘋婆娘趕出球場。真是越來越無法無天了。」

小丘上探出了顆頭，還說：

「我們可以過去嗎？」

「你都打到我肚子上來啦！」海德里克先生氣急敗壞地聲明。

「是嗎？」女孩走近這群男士。「抱歉了，我有喊『前面當心』。」她的視線漫不經心地落在每位男士身上——接著掃過球道找她的球。

「我把球打進深草區了嗎？」

這究竟算是天真爛漫的問題抑或刻薄之辭，根本無從得知，但是片刻之後，一切就撥雲見日了，因為她的球友越過小丘出現時，她興奮地喊道：

「我在這裡！要不是打到東西，球早就上果嶺了。」

當她擺好姿勢準備用五號桿短打，德克斯特在一旁緊盯著她瞧。她身穿藍條紋棉製洋裝，領口和肩線滾著白邊，襯托出她小麥色的肌膚。十一歲時曾讓那激情的眼神和下撇的嘴角顯得愚蠢可笑的誇張造作與纖細身形，如今已不復見。她美得令人揪心。她雙頰上的紅潤就像圖畫上的色彩一樣圓整——那不是「濃艷」的紅，而是一種蕩漾流轉的溫澤，彷彿隨時會消散無蹤的若隱若現。這顏色和她靈活的唇瓣讓人不斷感受到她變幻不定的特質、強烈奔放的生活、熱情洋溢的生命力——只有她那貴氣眼眸裡所流露的悲傷，才能稍稍沖淡這感覺。

她不耐地揮動五號桿，了無興趣地將球敲進果嶺另一頭的沙坑中。一抹假意的淺笑迅速閃過她的臉龐，漫不經心地道了聲謝之後，她便追球去了。

「好個茱迪．瓊斯！」海德里克先生在下一洞球座前說。當時的他們正在等——等了好一陣子——她先打完這一洞。「就是少個人把她翻過身來，打她半年的屁股，再把她送給老古板的騎兵隊長當老婆。」

「天啊，她可真漂亮！」山伍德先生說。他剛過三十歲。

「漂亮！」海德里克先生吼得輕蔑。「成天一副討人親吻的樣子！兩隻母牛般的銅鈴眼巴著城裡一隻隻小牛打轉。」

海德里克先生的話中之意，恐怕不是指母性本能。

「她肯努力的話，應該會是個高爾夫球好手。」山伍德先生說。

「她的姿勢不對。」海德里克先生正經八百地說。

「但是身材不錯。」山伍德先生說。

「還是感謝老天爺她球的力道不強吧。」哈特先生說，並對德克斯特使了個眼色。

到了傍晚，四射的霞光雜揉了金色與變幻繽紛的靛藍和緋紅，伴隨夕陽而落，留下一片乾爽而窸窣的西岸夏夜。德克斯特在俱樂部的陽台上觀望，望著輕風吹出均勻有致的粼粼水波，在滿月的映照下宛如銀色糖蜜。接著月娘單指抵脣，湖面頓時澄澈清明，泛白而幽靜。德克斯特換上泳褲，游向最遠處的浮台，再爬上披了帆布的浮台跳板，全身濕漉漉地伸著懶腰。

魚躍出水，星光閃爍，湖畔燈火忽明忽滅。遠方漆黑的半島傳來鋼琴樂音，奏著去年夏天以及前幾年夏日的流行曲子——有《請、請》、《盧森堡伯爵》及《少爺兵》等輕歌劇中的曲目——德克斯特一向覺得越過水面飄揚而來的琴聲似乎特別悠美，於是就安安靜靜躺著聆聽。

那個當下傳來一首相當輕快的曲子，正是五年前德克斯特大二時方問世的歌曲。有人曾在某回畢業舞會的場合上彈奏過，不過當時的他還負擔不起舞會這種花錢的享受，只能站在體育館外頭聽著。這曲調旋即颳起他某種狂喜的情感，他帶著這股狂喜檢視自己現在的境遇。強烈的感激之情油然而生，就這麼一次，他感覺自己如魚得水，週遭的一切正煥發著可遇不可求的光采與魅力。

突然一個低矮、灰白的橢圓形體從島嶼的暗處脫出，競賽用的汽艇發出響亮而迴盪的聲響直直衝來。因船身劃出的兩道白沫兀自在船後綿延，轉眼之間，船已來到他身旁，嗡嗡的水花聲掩蓋了激昂清脆的琴音。德克斯特撐起身，發現船舵處立著一個人影，兩隻黑色眼眸穿過越拉越遠的水面打量著他——接著船呼嘯而去，獨留一圈圈無盡水花毫無目的地在湖面中央打轉。同樣古怪的是，其中一圈水花隨波平息後，又激起另一陣掉頭朝浮台而起的水花。

「誰在那裡？」她熄掉引擎喊道。她就近在咫尺，德克斯特連她身上穿的粉紅色連身泳衣都看得一清二楚。

船鼻撞上了浮台，而浮台放肆一傾，將他甩向了她。這兩人認出了彼此，只是其中興味各有巧妙不同。

「你不是今天下午讓我們先打的其中一位男士嗎？」她問。

他是。

「吶，你會開汽艇嗎？會開的話你來開，這樣我就能跟在後頭衝浪。我叫茱迪・瓊斯。」她對他投以裝模作樣的傻笑——確切說來，她是試著擺出那張笑臉而死命噘著嘴，但那模樣並不醜怪，她依舊美麗動人。「我住在島那邊的房子裡，房子裡有位男士正在等我。這男人一把車開上我家，我就把船開出船塢了，因為他說我是他的夢中情人。」

魚躍出水，星光閃爍，湖畔燈火忽明忽滅。德克斯特坐在茱迪・瓊斯身旁，聽她說明駕駛汽艇的方法。然後，她下水，以柔美的自由式朝水面上的衝浪板前進。看著她就彷彿看著樹枝搖曳、海鷗翱翔，絲毫不費勁。她曬成淡褐色的手臂在幽光閃爍的水波間晃動，手肘先浮出水面，將前臂向後一甩，落下韻律有致的水花，接著再向前伸展，戳入水面，劃開一條水道。

他們移往湖心；德克斯特轉過身，見那翹起的衝浪板上，有她正跪在低斜的後端。

「開快點。」她喊著。「能多快就多快。」

他順從地猛推操縱桿，船頭前一團白色浪花湧現。再次回望時，女孩已經站在狂飆的浪板上了。她平舉著雙臂，抬眼望著月亮。

「好冷哦。」她大喊。「你叫什麼名字？」

他告訴她他的名字。

「明天晚上來我那兒吃晚飯怎麼樣？」

他的心就像這艘汽艇的飛輪轉動不止。第二次了，她心血來潮的念頭再度讓他的人生轉了個新方向。

3

隔天傍晚德克斯特等待她下樓時，所置身的淡雅、深靜夏居以及房間向外延伸的玻璃圍廊，業已擠滿茱迪．瓊斯的仰慕者。他熟知這類男性——就是他剛上大學時，那些從一流預備學校畢業，帶著夏日健美的黝色肌膚、身著高雅服飾的男人。在某方面，他自認比這些人優秀：他更具新鮮感、更強壯。然而捫心自問，他何嘗不希望自己的孩子能像他們一樣；但這就表示他承認自己不過是個粗劣蠻橫的原型，是他們進化前的恆久源頭。

等到該他穿錦衣紈褲的時機成熟，他已結識全美一流的裁縫，而他今晚身上這套西裝便是出自全美一流裁縫之手。他也養成了大學母校那股特有的拘謹作風，這派風度與其他大學迥然不同。他看出這種矯揉造作對自己的價值，所以老早就加以奉行；他知道比起衣著和舉止上的謹慎講究，隨興不拘需要更大的自信。但風流倜儻就留待他的下一代吧。他母親原本叫克琳絲莉琪，是個波希米亞農家子女，一輩子都操著一口破英文。

她的兒子還是謹守成規才是上策。

剛過七點，茱迪・瓊斯下樓了。她穿藍色絲質小洋裝，而他起初有點失望，認為她應該更盛裝打扮才是。但令他愈加失望的是，兩人簡短寒暄後，她便逕自走向管家的食材間，推開門喊：「瑪莎，可以上菜了。」他本以為會由管家請賓客入席，席上還備妥雞尾酒。不過當他們肩並著肩坐在長沙發上凝視著對方，這些念頭都被拋諸腦後了。

「我父母今晚不在。」她若有所思地說。

他想起上一次見到她父親的情景，也很高興今晚她雙親都不會出現——他們可能會納悶他究竟是何許人也。德克斯特在基堡出生，那是一個往北走五十哩才會到達的明尼蘇達村落；他一向覺得自己是基堡人，黑熊村稱不上他的家鄉。要不是離此地太近，還被當作高尚湖區的附庸，出生於鄉間其實沒什麼好難為情的。

他們談到他就讀的大學，她說過去兩年她也經常造訪。還談到那座為雪利島招攬大批主顧的鄰近城市，而德克斯特隔天就將返回該處，照料他蒸蒸日上的洗衣事業。

用餐時，她不知不覺陷入鬱鬱寡歡的情緒之中，使得德克斯特感到不甚自在。不管她以其低沉的嗓音迸出什麼任性狂語，都令他擔憂不安。不管她對什麼投以微笑——對著他、對著雞肝、對著一些無關緊要的瑣事——都叫他心神不寧，因為她的笑並非發自內心，那甚至不帶一絲絲喜悅。當她耷拉著鮮紅的嘴角向下撇，與其說她在笑，不如說是在邀吻。

晚餐後，她領他到幽暗的玻璃圍廊，有意轉換一下氣氛。

「介意我哭一下嗎？」她說。

「恐怕是我讓你感到厭煩了。」他連忙回答。

「沒這回事。我喜歡你，只是我今天下午實在過得太不順心了。有位我頗有好感的男士在下午告訴我他其實窮得一文不名，真是晴天霹靂呀，之前他根本連一點暗示都沒給。這聽起來是不是俗氣得要命？」

「或許他是不敢告訴你。」

「即便如此——」她回答：「他從一開始也就做錯了。要是我早曉得他身無分文——哎，我也曾瘋狂愛上好些個窮小子，而且每一個我都真心想嫁。但這一回，我既沒想到他是個窮人，對他的好感也沒強烈到足以承受這樣的打擊。這就好比一個女孩子家冷靜地告訴自己的未婚夫，說她是個寡婦一樣。他也許並不排斥寡婦，但是——

「我們按部就班來吧。」她冷不防打斷了自己的話。「總而言之，你究竟是誰？」

德克斯特遲疑了一下，然後說：

「我是個無名小卒。」他宣稱。「我的事業大半得看未來的發展。」

「你窮嗎？」

「不窮。」他坦白說。「我賺的錢大概比西北部任何同年紀的男人都多。我知道這話聽起來很惹人厭，不過是你勸我要按部就班，開誠佈公的。」

兩人沉默了一陣。接著她微微一笑，嘴角也垂了下來。她輕輕一晃——那動作細微得幾乎無可察覺——便將身子挨向了他，抬頭凝望他的眼睛。德克斯特一時如有硬塊哽住喉頭，屏息等待著這場實驗的到來，準備體會他們四唇相接時，兩人之間將生成何種不可思議的化合物。然後他發現——她藉親吻將興奮之情鋪張、濃烈地傳遞了過來，吻中不帶承諾，而是一種滿足。那些吻在他內心激起的不是需要重新引燃的飢渴，而是不知饜足的放縱……那些吻就像救濟施捨，以毫無保留的有求必應勾扯出更多的匱乏。

他不用花上幾個鐘頭就確定，自他還是個驕傲、懂得渴望的小男孩起，便一心嚮往著茱迪・瓊斯。

4

他倆就這麼起了頭——並以如此調性持續到終局，只是過程中的濃烈程度時有細微的變化。德克斯特放棄了部份自我，去迎合他有生以來遇過最直截了當、不擇手段的人物。無論茱迪想要什麼，她總會施展渾身魅力去追求，其中的方法既不拐彎抹角，也沒有較勁圖謀，她甚至不瞻前顧後——她一樁樁的情事都極少涉及精神層面，只不過是讓男人高度意識到她曼妙迷人的外在而已。德克斯特並無意改變她。她的種種缺陷與熱情活力纏繞交織，那些缺陷也因此顯得微不足道，情有可原。

茱迪將頭倚在他肩上的第一晚，便悄聲對他說道：「我不懂自己到底怎麼了。昨晚我還以為自己心有所屬，今晚卻又覺得我愛的就是你……」——對他來說這話真是美麗又浪漫。他當下得以完全掌控並且擁有她那強烈的敏感激情。但過了一星期，他卻不得不用另一種眼光看待她這一特質。她開著她那輛雙人座敞篷車帶他去參加某個戶外晚宴，餐後她消失無蹤，敞篷車也開走了，車上載的卻是另一位男士。德克斯特火冒三丈，差點無法於其他在場人士面前保持得體的風度。事後她雖然向他再三保證自己沒有親吻那位男士，但他知道她在說謊——不過，他也為她願意費心撒謊而感到欣慰。

夏天結束前，他已發現自己只是在她身邊兜轉的各色男子之一。連他在內的十二位男士，一個個都曾凌駕其他對手之上，獨受寵愛——其中約有半數男性仍沐浴在不時復燃的情感撫慰之中。每當有人因長期遭受冷落而求退，她便賜予他短暫的甜蜜時光，足以鼓舞他繼續在她身後尾隨個一年半載。茱迪摧殘蹂躪這群為情所困的敗將，倒不是出於惡意，對於自己所作所為造成的傷害，她也同樣一知半解。

一有新人至，舊人便得退居一旁——約會也全都自動取消。

最讓人束手無策的是，她掌有一切主導權。她不屬於勤追苦求就可「贏得芳心」的女子——聰明才智無法打動她，她對風采魅力也無動於衷；無論是用上述哪一項攻勢猛烈地追求她，她都會立即將關係拉回肉體層次，而在她曼妙軀體的魔力之下，不管強健或聰敏的男人都得照她的遊戲規則走。只有當她的慾望得到滿足、她的魅力得到完全的施展，她才會感到開心。或許是曾擁有這麼多段年少輕狂的愛戀、這麼多位年少輕狂的愛人，出於自衛，她才變得完全求諸內在來滋養自己。

繼最初的喜不自勝之後，焦躁與不滿的情緒在德克斯特心中雜陳。在她身上迷失自我所產生的那種無可抵禦的狂喜並非振奮精神的補藥，而是致命的鴉片。幸虧那種狂喜的時刻在這冬日期間不常出現，才不致影響他的工作。剛交往時，他們彼此間似乎一度存在著濃烈且自然的吸引力——例如兩人首次共度的那個八月——有三天，他們在她昏暗的陽台上共享了漫漫長夜；從日暮到入夜，他們在幽暗的壁龕或庭院涼亭的護棚後面交換著奇妙而噬人心魂的吻；在旭日照耀的清明早晨，美得恍如迷離夢境的她帶著幾分嬌羞與他相會。那是訂有婚約的愛侶們才享有的喜樂，而意識到他倆並無婚約之名，便讓他更加心醉神迷了。就在那三天裡，他頭一次開口向她求婚。她回答：「以後再說吧。」她說：「吻我。」她說：「嫁給你也挺不錯的。」她說：「我愛你。」……她說……她什麼都沒說。

那三天被一名從紐約來的男人打斷。九月時，紐約男子在她家作客整整半個月。他和茱迪間的流言蜚語不斷，害德克斯特痛苦得要命。他是一家大信託公司總裁的公子。不過到了月底，就聽說茱迪已對他意興闌珊了。有天晚上開舞會，紐約公子哥兒發狂似地在俱樂部中遍尋她的身影，此時的她卻跟當地一個小白臉在汽艇上待了一整晚。她告訴小白臉她對她家訪客已經膩了，而兩天之後她家訪客就告辭了。有人目睹她陪他到車站搭車，據聞他看上去也確實沮喪得不得了。

夏天就在這樣的氣氛之下結束。年屆二十四的德克斯特發現自己益發處於如魚得水之境。他是城中兩間俱樂部的會員，還是其中一間的房客。雖然絕非俱樂部中那些列隊尋覓舞伴的單身漢，但他總是設法出席茱迪・瓊斯可能大駕光臨的舞會。他大可隨時出外四處交際——現在他是條件優異的年輕男性，且備受城中父執輩人物的喜愛。他公開表明對茱迪・瓊斯的不渝之情，這反倒讓他的地位更為穩固。但他並不熱中於交際，還對那些老想著跑週四或週六舞會，以及硬要與已婚年輕夫婦湊在晚宴桌上的男士們嗤之以鼻。他已盤算著往東部發展，前往紐約了。他要帶著茱迪・瓊斯同行。就算對她生長於斯的世界再怎麼感到幻滅，也無法撼動他對她的美好想像。

請記住這一點——因為唯有從這個角度視之，才能理解他為她所做的一切。

與茱迪・瓊斯相識十八個月後，他跟另一位女孩訂婚了。她名叫艾琳・胥爾，她的父親就是那些向來很賞識德克斯特的人之一。艾琳蓄著一頭淺色金髮，甜美高貴、略顯豐腴。德克斯特一正式向她提出婚約，她便爽快地棄當時另外兩名追求者於不顧。

夏、秋、冬、春、又一夏、又一秋——他為茱迪那處處留情的雙唇奉獻了多少青春歲月。她對他投以關心、鼓舞、怨恨、冷漠、蔑視，盡其所能地在他身上施以無數細微的輕慢和羞辱——彷彿是要為竟然曾喜歡過他而雪恥。她招他來，又呼他去，再招他來，他則經常心懷苦楚、皺著眉頭去回應她。她帶給他銷魂的滿足，也帶給他精神上難以承受的悲痛。她為他平添無盡的麻煩和困擾。她侮辱他、欺負他，利用他對她的關懷要他怠慢自己的工作——一切都是為了好玩。她對他為所欲為，除了批評他——這她還不曾做過——在他看來，那似乎只是因為這麼做可能有損她無動於衷的姿態，並對他動了真心。

當秋天來了又走，他想自己與茱迪．瓊斯應是有緣無分了。將這個念頭牢記在心並不容易，但他還是費了好一番工夫說服自己。夜裡躺在床上時，他總與自己反覆爭論，要自己想想她曾帶來的麻煩與痛苦，一一細數她作為妻子種種昭然若揭的缺陷。然後，他又自言自語地說他愛她，過一陣子後才睡著。一整個星期，他拚命超時工作，晚上還回到辦公室仔細規劃自己的未來，以免去想像起她那沙啞的聲線從電話另一端傳來，或共進午餐時她從對座頻送秋波。

他在某個週末參加了一場舞會，一度從別的舞伴手上搶走了她。從他們相識以來，這或許是他頭一遭沒有邀她同到旁邊坐坐，沒有稱讚她美麗動人。而她也並沒有懷念這些習慣，這讓他有點受傷——僅此而已。看見今晚茱迪帶了位新男伴時，他並不感到忌妒。他早已心如鐵石，不知忌妒為何物了。

他在舞會待到很晚。陪艾琳．胥爾坐著聊書籍、聊音樂，一小時就這麼過去。無論是書籍或音樂，他都知之甚少，但他現在將做起自己時間的主宰，而且還迸出個有點不可一世的想法——身為年輕又功成名就的德克斯特．葛林——他是該對這類事物多些瞭解了。

那時候是十月，德克斯特二十五歲。隔年一月，他和艾琳訂婚了。他們將在六月公開宣布訂婚的消息，三個月後再舉辦結婚典禮。

明尼蘇達的冬季漫無盡期，將近五月才有和風拂來，雪水也才終於融進黑熊湖。這一年多來，德克斯特首度享受到某種心靈上的寧靜。茱迪．瓊斯去了佛羅里達，隨後又前往溫泉城，在某個地方訂了婚，又在某個地方解除了婚約。在德克斯特對她徹底死心的初期，人們仍將他倆連繫在一起，並向他打探她的消息。這讓他很難受。不過，當人們看到他晚宴座位總安排在艾琳．胥爾的左右，他們就不再向他問起她了——反倒回過頭來跟他報告她的近況。他已非熟諳茱迪一切事務的權威人士了。

五月終於到來。夜間的濕氣重得快滴出雨來，德克斯特漫步在漆黑街頭，嗟嘆曾幾何時，多少喜悅快樂就這麼迅速而輕易地離他遠去。記得去年五月時，他還深陷茱迪激起的騷動之中，那騷動如此引人沉痛，明明惡不可赦卻終究得到了諒解——那也是鮮少的幾次，他誤以為她終於漸漸愛上他了。他嚮往已久的幸福，原來是這般面貌。他知道艾琳將不過是張鋪展在他身後的幕簾、一隻在晶亮杯碟間擺弄的手、一副呼喚兒女的嗓音……熾烈的慾火和美麗的身影都已消失，一併帶走了夜色的魔力以及四季與晨昏流轉幻化的景緻……纖薄的雙唇向下一撇，落至他的唇上，引領著他飄然如見天堂幻境……這些都已深深烙進他的心底。他還太強健、太易感，無法輕而易舉地將這段記憶拋擲。

五月中旬，有幾日天氣正處於不冷不熱的過渡階段，眼看就要轉入炎夏。他在這樣的一個夜晚來到艾琳家門前。他們即將在一週後宣布訂婚——沒人會對此感到驚訝。而今晚他們將偕同彼此坐在大學俱樂部的長沙發上，花一小時觀賞舞池中男女的舞姿。與她同行的時候，他有種穩當的踏實感——她受歡迎的程度就如她的身形一般結實，「大大」地受人愛戴。

他登上那棟豪宅的階梯，走進屋裡。

「艾琳。」他呼喚。

胥爾太太走出客廳招呼他。

「德克斯特，艾琳頭痛得厲害，她上樓去了。」她說。「她原想跟你一道去，但我要她先上床休息。」

「沒什麼大礙吧，我……」

「噢，不要緊的。她明早還要陪你去打高爾夫球，就先讓她休息一晚吧，好嗎，德克斯特？」

她笑起來和藹可親，和德克斯特一樣覺得對方都是不錯的人。他們在客廳聊了一會兒後，他便道了聲晚安，獨自離去。

他就住在大學俱樂部裡，回去後他在門口站了一下，看人們跳舞。他倚著門柱，對一、兩個人點了點頭——打起呵欠。

「哈囉，親愛的。」

肘邊傳來的熟悉聲音讓他一驚。茱迪．瓊斯拋下一位男士，穿過舞池來到他的跟前——真是茱迪．瓊斯，一個苗條的搪瓷娃娃，全身上下穿戴得金光閃閃：她頭上繫了金色飾帶，裙邊露出兩只淺口鞋的金色鞋尖。對他微笑時，她臉上似乎綻放著纖弱的容光，頓時一陣溫煦微風和光芒拂過整間廳堂。他不住地緊握起晚禮服口袋中的雙手，一時間澎湃著滿腔的激動。

「什麼時候回來的？」他若無其事地問。

「過來，我會一五一十告訴你。」

她轉身，他跟上。她離開了好長一段時間——而今奇蹟式的歸來幾乎將他催出了淚。她曾穿巡幻惑的街道，行徑有如撩人的靡靡樂音。原本一切神秘的過往、新鮮而強烈的想望皆已隨她遠去，如今又跟著她回來了。

到了門口，她轉過身來。

「你有車嗎？沒有的話，我有。」

「我有輛雙門小車。」

於是，金色衣裙一陣沙沙作響後，她進了車。他甩上車門。她曾就這麼坐上許多車，有這種雙門小轎車，也不乏別種車款。上車後，她背就這麼往皮革椅上靠，手肘就這麼擱在車門上，如此等待著。若有任何事物能玷汙她，早就玷汙了。只有她能玷汙自己，而這一切全是她自我的展現。

他費了好一番工夫才強迫自己發動車子，重新駛上街道。這不代表什麼——他得千萬記牢了。她只是故技重施，而他早已將她拋到九霄雲外，如同將帳冊中的爛帳一筆勾銷。

他沿著市區慢慢開，佯作心不在焉的樣子駛過商業區寂寥人稀的街道，偶爾可見電影散場後傾巢而出的觀眾，或一個個不是像肺癆病患，就是像拳擊手的青年在撞球間門口前流連不去。而街邊酒吧傳來觥籌交碰和酒客拍擊吧檯的聲音，那是由玻璃窗隔絕出來的一方昏黃天地。

她凝神注視著他，兩人陷入一片尷尬的沉默，然而在這節骨眼上，他卻苦無輕鬆的詞彙來排遣這時刻。他順著一個拐彎將車調頭，然後曲曲折折地開回大學俱樂部。

「你想我嗎？」她突然問。

「每個人都想你。」

他在想，不知道她是否曉得艾琳・胥爾的存在。她才回來一天——她在外和他訂婚的時間幾乎是重疊的。

「真會說話！」茱迪傷感地笑著——笑容裡卻不見悲戚。她緊瞅著他，彷彿在探尋什麼，他則聚精會神地注視著儀表板。

「你比之前更英俊了。」她若有所思地說。「德克斯特，你有天下間最叫人難忘的一雙眼睛。」

他本可一笑置之，但他沒有。這話是說給幼稚的嫩小子聽的，但他的心還是被戳了一下。

「我對什麼都感到厭倦透頂了，親愛的。」她稱呼每個人親愛的，自然隨興地添上些許私密親暱。「我們乾脆結婚吧。」

她話說得直白，他卻聽得困惑。他現在應該老實地說自己即將要娶另一位女孩了，但卻開不了口。他原本還能輕易地發誓說自己從不曾愛過她。

「我覺得我們合得來。」她以相同的語調繼續說著：「除非——說不定你早就把我給忘了，還愛上別的女孩。」

她顯然極具自信。事實上，她還說她認為這是不可能發生的，就算真有這回事，也不過是他幹了件幼稚的傻事——且多半是為了炫耀。她會原諒他，因為這種小事不值得耿耿於懷，大可輕易扔到一旁就算了。

「除了我，你還能愛上誰呢？」她繼續說：「我喜歡你愛我的方式。噢，德克斯特，你難道忘記我們去年發生的事了？」

「我沒忘。」

「我也沒忘！」

她是真動了情——還是被自己突發的演技帶著走，然後越演越上癮？

「真希望我們還能像那時候一樣。」她說。而他逼著自己回答：

「我看恐怕不行。」

「我看也是……聽說你和艾琳・胥爾正打得火熱。」

她語氣上並沒有特別強調這個名字，德克斯特卻突然感到羞愧萬分。

「哎呀，送我回家吧。」茱迪此時高聲說道：「我不想再回那個白癡舞會了——裡頭盡是些毛頭小子。」

接著，當他調頭開上通往住宅區的道路時，茱迪開始自顧自地默默哭了起來。他從沒見她哭過。

街道由暗轉明，四方隱約矗立起富家第宅。他的雙門小轎車就停在莫提瑪・瓊斯一家宏偉龐碩的白色宅邸前。這幢私邸沐浴在如水的月光中，富麗堂皇，如夢似幻。其堅實穩固讓他感到震驚。那高厚的四壁、堅硬的鋼梁，以及其寬綽、雄偉、壯觀，再再都跟他身邊這位年輕佳人形成鮮明對比。其厚實凸顯了她的纖弱——彷彿向世人展示著蝴蝶震翅所搧起的風，是多麼微弱。

他一言不發地坐著，內心卻是鬧嚷翻騰，生怕一動，就會情不自禁將她擁入懷裡。兩顆淚珠滾落她原已淚濕的雙頰，在她的上脣打顫。

「我比任何人都漂亮。」她抽抽噎噎地說。「為什麼我就得不到幸福？」她的淚眼撕扯著他的意志——她的嘴角掛上強烈的憂傷而緩緩下垂：「德克斯特，如果你要我，我就嫁給你。你大概覺得我配不上你，但我會為了你變得更加美麗，德克斯特。」

所有惱怒、驕傲、熱情、怨恨、溫柔的千言萬語湧至他的嘴邊，在他脣上爭搏。接著，一股強烈的情感浪潮拍擊而來，將他沉積於心的一切理智、禮俗、猶疑、榮譽統統沖走。那說話的女人就是他的女人呀，專屬於他的女人，屬於他的美麗、他的驕傲。

「不進來坐坐嗎？」他聽到她猛吸了口氣。

她等待著。

「好吧。」他的聲音微顫。「我進去。」

5

奇怪的是，不管當時結束之後，或者當他日後遙想，他對那一晚都不曾後悔。把眼光放大到十年來看，茱迪對他復燃的熱情僅僅持續了一個月，不過這似乎也無關緊要了。而他對她的再度臣服，讓他最終陷進了更深的痛苦，還為艾琳．肴爾及視他如友的胥爾夫婦帶來莫大的傷害，他也覺得沒什麼大不了。艾琳的悲痛並未在他心中留下揮之不去的鮮明印象。

基本上，德克斯特已心如鐵石。他一點也不在乎城中人對他所作所為的觀感，不是因為他即將離開這座城市，而是因為外人對此事的看法未免太顯膚淺。他對公眾的意見完全無動於衷。甚至當他看清一切皆是徒然，自己並不擁有能夠從心底打動或牢牢抓住茱迪·瓊斯的力量時，對她也未懷有任何怨尤。他愛她，且只要他還愛得動，便會一直愛著她——但他無法擁有她。於是他嚐到了唯有強者能體會的深沉苦痛，正如他也曾品嚐過須臾但深切的幸福。

就連茱迪——那位先前除他之外別無所求的茱迪——以不想從艾琳身邊「將他奪走」如此彌天大謊來終止婚約，也沒有令他產生反感。他已經超然於任何厭惡或愉悅的情感之外了。

他於二月前往東岸；本打算賣掉他的洗衣事業，在紐約定居——但三月時美國參戰，他的計畫也隨之改變。他回到西部，將事業託由合夥人管理，自己則在四月下旬加入第一期軍官訓練營。他跟當中數以千計的年輕人一樣，帶著些許如釋重負的寬慰感迎向戰爭，藉此從糾纏不清的情網中獲得解放。

6

還記得嗎，雖然這篇故事難免摻雜了一些事件，與他年輕時的幻夢毫無瓜葛，但這並非記述他一生的傳記。關於他以及他的那些夢，至此已差不多交代完畢了。只有一件插曲尚待補充，而那又是七年之後的事了。

事情發生在紐約。當時的他在那邊發展得很好——好到凡事無往不利。他三十二歲了，戰後曾旋即飛回西部一趟，扣除那次經驗以外，七年內不曾回去過。一個來自底特律，名叫戴弗林的男人來到他的辦公室作商務拜訪，插曲就在那時發生了，而這段插曲可以說為他人生某個特定的面向做了總結。

「這麼說，你是中西部人囉。」這位戴弗林隨口好奇地說。「真有趣——我還以為像你這樣的人多半都是在華爾街出生長大的。說到這兒，我在底特律一個好友的老婆跟你是同鄉耶。我還是他們婚禮的招待。」

德克斯特沒有答腔，他完全不知道接下來會聽見什麼。

「茱迪・西姆斯。」戴弗林淡淡地說。「婚前叫茱迪・瓊斯。」

「我知道這人。」一股隱約的不耐從他心上蔓延開來。他當然早聽說過她結婚了──或許還刻意避開更多關於她的消息。

「多好的女孩呀。」戴弗林毫無意義地沉思著。「我有點同情她哩。」

「怎麼說？」德克斯特即刻豎起耳朵，警醒了起來。

「哦，從某方面來看，勞德・西姆斯已經失心瘋啦。我不是指他虐待老婆，但他成天酗酒，又在外頭尋歡作樂……」

「茱迪她就沒有在外頭尋歡作樂？」

「沒有。都在家裡帶孩子哩。」

「喔。」

「她對勞德來說，是稍嫌老了點。」戴弗林說。

「嫌老！」德克斯特高聲道：「怎麼會?老兄，她不過才二十七歲。」

他突然有個瘋狂的念頭，恨不得馬上衝到街上，跳上開往底特律的火車。他抽筋似地猛然起身。

「你大概很忙吧。」戴弗林隨即欠身道歉。「我沒注意到……」

「不，我不忙。」德克斯特穩住聲音說：「一點都不忙。完全不忙。你剛說她……二十七歲?不對，是我說她二十七歲。」

「是啊，你說的。」戴弗林乾巴巴地應和。

「繼續吧，繼續說下去。」

「說什麼？」

「茱迪・瓊斯的事。」

戴弗林無可奈何地看著他。

「嗯，就是……我剛才幾乎都說了。勞德待她有如凶神惡煞。喔，但他們倒也不會離婚或什麼的。勞德欺人太甚的時候，她反而會原諒他。其實哦，我想她八成是真的愛勞德。她剛到底特律時可是個俏妞哦。」

俏妞！德克斯特覺得這個詞真是滑稽。

「難道她……不再俏麗了？」

「喔，還不錯啦。」

「聽著——」德克斯特突然坐下，說道：「我不明白。你說她之前是個『俏妞』，又說現在的她『還不錯』，我不懂你的意思……茱迪·瓊斯可不是什麼俏妞，她是絕世美女。我知道她欸，我認識她，她是——」

戴弗林聽了哈哈大笑。

「我無意跟你爭辯些什麼。」他說。「我覺得茱迪是很好的女孩，我也喜歡她。我只是想不通像勞德·西姆斯這樣的男人為何會瘋狂愛上她，但就是愛上了。」他又補了一句：「倒是大多數的女人都喜歡她。」

德克斯特仔細端詳戴弗林，胡亂猜測這話背後必有一番始末，不是這人感覺遲鈍，就是他私下與她有些嫌隙。

「許多女人啪一下就老了。」戴弗林打了個響指。「你一定見識過吧。或許我已忘了她結婚時有多漂亮，畢竟之後我見過她太多次了。她那對眼睛倒挺不錯。」

某種渾渾沌沌的感覺籠罩了德克斯特。他這輩子頭一次想喝個酩酊大醉。他知道自己因為戴弗林說的話而放聲大笑，卻不知道他究竟說了什麼或有什麼好笑。不一會兒，當戴弗林離開後，他躺在長沙發椅上，眺向窗外紐約市高樓起伏的天際線，此時夕陽正漸漸沒入朦朧迷人的粉金色霞影中。

他原以為自己一無所有，再沒什麼可失去的了，於是乎終於刀槍不入——但他現在才發覺，就在剛才，自己又失去了一些東西，感覺如此明晰，彷彿他真娶了茱迪・瓊斯，親眼看著她年華老去。

夢幻已成泡影。曾屬於他的，而今也被一一奪走。他感到心慌意亂，於是用雙掌緊緊捂住眼睛，試圖喚回那種種景象：雪利島上的粼粼水波、月光下的陽台、高爾夫球場上的條紋棉製洋裝、乾燥的烈日、她頸項上金黃色的細軟汗毛。還有親吻時她潤澤的雙脣、她憂鬱多愁的眼眸，和早晨時如嶄新亞麻布般的清新氣息。唉，這些都已不復於世了！它們曾經存在，而如今已不可得。

多年來頭一次，淚水淌過他的臉頰。但這一次淚是為了他自己而流。他不再留戀柔脣、明眸、款款玉手。他是想留戀，卻已無能為力。因為他已遠走他方，再也回不去了。門已深鎖，夕日西落，美麗已無處可尋，徒留鋼鐵灰白之美在時光洪流中屹立不搖。就連本該承受的悲傷也被遺留在那個滿富幻想、青春與華美生活的鄉鎮之中了。在那兒，他的冬之夢曾經燦爛輝煌。

「許久以前——」他說：「許久以前，我內心有樣東西，但現在那東西消失了。消逝無蹤，不見了。我哭不出來，也無從在意。那東西已一去不復返。」

班傑明・巴頓奇妙的一生

The Curious Case of Benjamin Button

1

早在一八六零年代，婦女在家產子本是合情合理。然而時至今日，有人告訴我那些偉如神祇的醫界人士已下令，規定嬰孩應在瀰漫著麻醉藥氣息的醫院發出第一聲啼哭，最好還是間豪華入時的醫院。這麼說來，年輕的巴頓夫婦在一八六零年某個夏日決定於醫院產下頭一胎時，他們便已整整超前了時代五十年。至於這不合時宜之舉，是否與我將敘述的驚人故事有任何因果關係，將永遠不得而知了。

且讓我娓娓道來，留待諸位自行定奪。

南北戰爭前，羅傑・巴頓一家在巴爾的摩擁有令人稱羨的社會地位和財力。無論哪個名門望族都是他們的血脈之親，而所有南方人都知道，單憑這層關係，他們就足以躋身盤踞南部邦聯那龐大的貴族之列。這回，他們頭一次體驗迷人而古老的生育習俗，巴頓先生自然是如坐針氈。他希望出世的是個男孩，這樣就能送他去讀康乃迪克的耶魯大學；巴頓先生本身就曾在那兒以「袖口」*這頗為貼切的綽號聞名了四年。

拜這件不得了的大事所賜，九月的某個清晨變成了神聖的時刻。他緊張得六點鐘就起床，梳理齊整，將領巾調整得無懈可擊，匆匆忙忙穿過巴爾的摩的街道趕赴醫院，好確認夜色黯黝的懷抱中是否已孕育出新生命。

距離馬里蘭私立男女醫院尚約百碼時，羅傑．巴頓瞧見他們的家庭醫師基恩正步下前門的台階，雙掌像在洗手般互相搓揉——出於不成文的職業道德規範，所有醫師都會這麼做。

羅傑．巴頓先生——也就是羅傑．巴頓五金批發公司的董事長——拔足奔向基恩醫師，全不見在那優雅時代南方紳士該有的莊重自矜。「基恩醫師！」他喊道。「嘿，基恩醫師！」

醫生聽到他的聲音，於是轉過身留待原地。隨著巴頓先生逐步接近，他那張嚴峻的醫生臉浮現出一個古怪的表情。

*「巴頓」（Button）有鈕扣的意思，因此暱稱巴頓先生為須別袖扣的「袖口」（Cuff），別有興味。

「發生什麼事?」巴頓先生急忙向前,上氣不接下氣地問道:「怎麼樣?她還好嗎?男孩?是哪個?怎麼……」

「你好好講話!」基恩醫師一口嚴厲,看起來有點煩躁不耐。

「孩子出生了嗎?」巴頓先生帶著懇求的語氣。

基恩醫師皺起眉頭。「嗯,生了,應該是吧——勉強算是生了。」他再次以古怪的目光瞥了巴頓先生一眼。

「我老婆還好嗎?」

「很好。」

「孩子是男的女的?」

「說到這個!」基恩醫師滿腔怒火地吼道:「請你自己去看個究竟吧。莫名其妙!」他氣得七竅生煙,將最後幾個字連珠炮似地吐了出來,然後背過身去,嘀咕著:「你以為這種事對我的職業聲譽會有幫助嗎?再來一次,我就毀啦——大家都毀啦。」

「到底怎麼回事?」巴頓先生心驚膽跳地詢問。「難道是三胞胎?」

「不，才不是三胞胎！」醫師這話回得尖刻。「其他的你就自己去看吧。還有，麻煩另請高明。年輕人，把你接引到這世上來的是我，在你們家當了四十年家庭醫師的也是我，但一切到此為止！我再也不想見到你或你任何一位親戚了！再見！」

接著他倏地轉身，一言不發地蹬上等在路邊的無篷馬車，疾駛而去。

呆若木雞的巴頓先生站在人行道上，渾身上下無不打起寒顫。究竟出了什麼可怕的差錯？一時之間，他完全失去走進馬里蘭私立男女醫院的興致——過了半晌，他費盡千辛萬苦才得以逼使自己登上台階、步入醫院的大門。

幽暗無光的大廳中，有名護士坐在櫃檯的後面。巴頓先生強忍著羞慚向她走近。

「早安。」她抬頭愉快地問候。

「早安，我……我姓巴頓。」

瞬間，一種極度恐懼的神情隨即在女子的臉上擴散開來。她站起身，一副欲飛奔逃出大廳的樣子，顯然花了九牛二虎之力才把持住自己。

「我想看我的孩子。」巴頓先生說。

護士發出尖刺的聲音。「噢——當然！」然後歇斯底里地高呼道：「樓上，就在樓上。往上——走！」

她指出方向，然後直冒冷汗的巴頓先生艱難地轉身，開始爬上二樓。到了二樓大廳，他又開口向另一名端著臉盆走近的護士詢問。「我姓巴頓——」他盡力維持口齒清晰。「我想見我的……」

鏗啷！那只臉盆摔到地上，朝樓梯的方向滾去。鏗啷！鏗啷！臉盆朝一樓滾落，開始發出有條不紊的聲響，彷彿與眼前這位紳士共享他一手造成的普遍恐懼。

「我想見我的孩子！」巴頓先生幾近尖叫地說。他就要崩潰了。

鏗啷！臉盆終於滾至一樓。護士恢復自制，向巴頓先生投以由衷輕蔑的眼神。

「好啊，巴頓先生。」她低聲同意。「非常好！可惜你不知道今早醫院上上下下都陷入了什麼樣的處境！真是太莫名其妙了！這間醫院會連一絲聲譽都不留了，竟遇上了這……」

「快點！」他聲嘶力竭地大喊。「我受夠了！」

「那麼，請這邊走，巴頓先生。」

他拖著沉重的步伐跟在她的身後。他們來到長廊盡頭的一個房間，房間內各式各樣的嚎啕聲此起彼落——按事後說法，這房間的確是名副其實的「嚎啕房」。他們走進房內。六張漆白的嬰兒滾床靠牆排列著，每張滾床的床頭都繫了標籤。

「那麼——」巴頓先生倒抽一口氣。「哪個是我的孩子？」

「那個！」護士說。

巴頓先生順著她所指的方向望去，看見了如下的情景：在某張嬰兒床裡，坐了位年紀約莫七十，身裹寬大白毯，蜷縮著部分軀幹的老頭。他頂上幾近發白的稀疏毛髮，與垂掛在下頷的煙灰色長鬚在穿窗而來的微風輕拂下，可笑地前後飄動著。他望向巴頓先生的目光黯淡而無神，藏伏著困惑與疑問。

「我瘋了嗎？」巴頓先生咆哮著。他的恐懼化成了憤怒。「這算哪門子低劣的醫院玩笑？」

「我們可一點都不覺得好笑。」護士嚴肅道。「我也不知道你究竟瘋了沒有——但那就是你的孩子，千真萬確。」

巴頓先生的前額又添涔涔冷汗。他閉上雙眼、睜開，再仔細端詳。沒有錯——他正注視著年屆古稀的老頭——年屆古稀的**嬰兒**。一個安坐在嬰兒床中，將雙腳分別吊在邊橫上的嬰兒。

有一會兒，老人平緩地將目光從一個人移到另一個人身上，接著突然開口，嗓間迸出年邁而沙啞的聲音。「你是我父親嗎？」他問道。

巴頓先生和護士大驚失色。

「如果你是的話——」這老人發著牢騷似地說：「你可不可以帶我離開這裡——不然，至少請他們弄一張舒適的搖椅來吧。」

「老天啊，你究竟是什麼來頭？你到底是誰？」巴頓先生幾近狂亂地吼道。

「我無法告訴你我**究竟**是誰。」那牢騷之音嘀嘀咕咕地回答。「畢竟我才出生沒多久——但我確實姓巴頓沒錯。」

「你說謊！你這冒名頂替的假貨！」

老人疲憊地轉向護士。「真有一套啊，這樣歡迎新生兒的。」他以虛弱的聲音抱怨。「麻煩跟他說他錯了，好嗎？」

「你錯了，巴頓先生。」護士嚴詞厲色地說。「這是你的孩子，你非接受這個事實不可。我們要請你儘快帶他回家——今天就帶他回家。」

「回家？」巴頓先生不可置信地重複護士的話。

「是的。我們不能留他，真的不行。你明白吧？」

「我倒是挺高興的。」老人嘀咕。「這裡還真是年輕人修身養性的好地方。成天吼叫和哭鬧不休，搞得我連小睡一下都沒辦法。我想吃點東西時——」講到這兒他拉高了音調，尖聲抗議：「她們竟拿了瓶牛奶給我！」

巴頓先生癱坐在他兒子身旁的椅子上，臉埋進雙手之間。「我的老天爺！」他喃喃自語，陷入無盡的恐懼。「人們會怎麼說啊？我該怎麼辦？」

「你得帶他回家。」護士語氣堅決——「就是現在！」

這個飽嚐折磨的男人眼前自動浮現出一幅怪誕的畫面，清晰得令人直打哆嗦——畫面中的他走過城市熙來攘往的街道，而這駭人的怪物就亦步亦趨地跟在他左右。「我辦不到，我辦不到。」他呻吟著。

人們會停下腳步跟他攀談，而他又該說些什麼呢？他就得介紹這……這七旬老者：「這是我的兒子，今天一早剛出生。」然後這位老者會攏緊他身上的被毯，與父親繼續拖著沉重的步伐走過熱鬧的商家、販奴的市集——有那麼幽暗的一瞬間，巴頓先生殷切地期盼自己的兒子是個黑人——經過住宅區的堂皇屋落，經過養老院……

「好了！振作一點！」護士命令道。

「看看這個。」老者突然朗聲說道。「別以為我會裹著這條毯子走回家，想都別想。」

「嬰兒向來都裹毯子的呀。」

隨著帶有惡意的撕裂聲，老人舉起小小一條白色襁褓裹布。「看呀！」他的聲音震顫。「這就是他們替我準備的鬼玩意兒。」

「嬰兒向來都這麼穿的。」護士一本正經地說。

「這樣的話——」老人說：「兩分鐘後，你眼前這嬰兒打算什麼都不穿了。這毯子惹人發癢。好歹給我一條被單嘛。」

「穿著！穿著！」巴頓先生趕緊說。他轉向護士：「該怎麼辦？」

「去市區幫你兒子買些衣服。」

巴頓先生之子的聲音尾隨著他來到樓下大廳：「還要根拐杖，爸爸！我想要一根拐杖。」

巴頓先生砰地一聲猛力摔上大門……

2

「早安。」巴頓先生一派緊張，對著切薩皮克織品莊的店員說：「我想替我的孩子買些衣服。」

「孩子多大呢，先生？」

「差不多六個小時大。」巴頓先生不假思索地回答。

「後面就是嬰兒用品區了。」

「呃，我不認為……我想後面沒有合適的衣服。那個……他的體型比一般嬰兒大上許多。大得……呃……超乎尋常。」

「本店有最大號的嬰兒裝。」

「男童裝部門在哪？」巴頓先生問道，亟欲轉移陣地。他想店員肯定察覺出他那可恥的祕密了。

「就在這兒。」

「呃……」巴頓先生卻裹足不前。讓兒子穿上成年男裝的想法令他反感。要是說，他可以找到一件**非常**大的童裝，或許再剪去兒子那把長而嚇人的鬍子，將花白的頭髮染黑，從而隱藏起最見不得人的地方，他也因此能保全一些自尊——更別提他在巴爾的摩社交界的地位了。

但匆匆檢視過童裝部門之後，顯然找不到一件符合巴頓家新生兒的尺碼。當然，他歸咎於店家——在這種情況下，也只能把問題推到店家頭上了。

「您說您的孩子幾歲？」店員好奇地問。

「他……十六歲。」

「喔，真不好意思，我以為您說**六小時**。下一條貨架就是青少年服裝區了。」

巴頓先生苦惱地轉身，接著他停下腳步、雙眼發亮，朝展示櫥窗中一個著了裝的人體模特兒指去。「就是那個！」他驚呼。

「我要那套，那個模特兒身上那套。」

店員放眼望去。「咦，那套不是童裝哦。」他斷言。「況且無論如何，那也是化裝舞會上穿的服裝。您大可自己穿了！」

「包起來。」這位顧客神經兮兮地堅持。

「我要的就是那個。」

驚愕的店員聽命行事。

回到醫院後，巴頓先生走進育嬰室，將盒裝的衣物幾乎用扔的拋向他的兒子。「拿去，你的衣服。」他厲聲說。

老人打開盒蓋，以狐疑的眼神審視著內容物。

「這衣服看起來有點滑稽。」他抱怨著。「我可不想出洋相⋯⋯」

「你已經讓我出盡洋相了！」巴頓先生怒沖沖地反駁。「甭管這衣服會讓你看起來多麼滑稽，穿上就對了⋯⋯不然我就⋯⋯我就**打你屁股**。」說完最後幾個字時，他困窘地嚥了下口水，卻也覺得這麼遣詞用字未必不當。

「是的，爸爸。」——這話倒聽得出仿擬子女孝敬雙親的語氣，只是荒謬非常——「您閱歷多、見識廣，就照您吩咐。」

這聲「爸」的呼喚仍令巴頓先生悚然一驚，一如他稍早之前的感受。

「快點！」

「我在快了，爸爸。」

兒子著裝完畢後，巴頓先生意志消沉地打量著他。他套上了圓點襪、粉紅褲，附腰帶的襯衫還撇著一片寬大白領。斑白的長鬚在衣領前搖曳擺動，幾乎垂至腰際。整體效果並不佳。

「等等！」

巴頓先生抓起一把醫院的剪刀，三兩下便將鬍鬚裁落一大半。然而，即便加了這項改善工程，整體效果依舊連差強人意都稱不上。殘存的幾抹凌亂髮絲、噙著老淚的雙眼、衰朽的牙齒，再再都跟服裝歡樂的調性格格不入。可是巴頓先生已是吃了秤砣、鐵了心——他伸出手，強硬地說：「走吧！」

他的兒子放心地牽起手。「你準備怎麼叫我呢，爸爸？」他們走出育嬰室時，他用那顫抖的聲音問。「先叫我『小寶寶』，過一陣子再說嗎？等你想到更好的名字再說？」

巴頓先生哼了一聲。「不知道。」他答得嚴厲。「我想就叫你瑪土撒拉*吧。」

3

而就算這位巴頓家族的新成員剪短了頭髮，再將寥落無幾的白髮染成做作的黑色，

---

* Methuselah，聖經人物，據〈創世紀〉所載他活到九百多歲，是長壽的代表。

即使將他的臉刮得乾乾淨淨、使他容光煥發，即使讓他穿上目瞪口呆的裁縫為他量身訂製的男童裝，巴頓先生還是不得不承認，作為家族長子，他兒子實在難登大雅之堂。儘管班傑明・巴頓——這是他們為他取的名字，終究是捨棄了那個名副其實，卻又引人反感的瑪土撒拉——老背佝僂，仍有五呎八吋高。身上的衣服藏不住他的身高，修過和染過的雙眉也掩飾不了眉下黯淡、濕津津、疲態盡顯的雙眼。而原先聘僱的褓姆只看了班傑明一眼，就怒氣沖沖地離開了。

但巴頓先生仍固守著無可動搖的決心。既然班傑明是個嬰兒，他就該有嬰兒的樣子。起先他曾正色地表明，如果班傑明不愛喝溫牛奶，那就什麼也別想吃。不過到了最後，巴頓先生還是被勸服了。作為讓步，他同意讓兒子吃麵包配奶油，甚至燕麥粥。一天他帶了個撥浪鼓回家，交給班傑明，並以毫不含糊的措詞要求他拿起來「玩」，於是老人一臉乏味地接過撥浪鼓。那一整天下來，不時可聽見他順服擺弄出來的咚咚聲響。

撥浪鼓無疑令他生厭，而獨處時，他必定也找到了其他更為舒心的消遣。比如某天巴頓先生就發現，他上個星期抽掉的雪茄已超出平時的量了——幾天後，當巴頓先生無預警地踏進嬰兒房，此一異象的原因終於水落石出。他發現嬰兒房內青煙重重，而一臉羞慚的班傑明正試圖藏起一小段哈瓦那深醇雪茄的雪茄蒂。這樣的行為理當讓班傑明被毒打一頓屁股，巴頓先生卻遲遲無法出手。他只是警告兒子抽雪茄「有礙發育」。

儘管如此，他仍堅持己見。他帶著鉛製的玩具兵、玩具火車、可愛的巨型填充動物玩偶回家，甚至，為了讓他營造出的假象更臻完美——起碼滿足他個人的幻想——還熱情詢問玩具店店員：「要是嬰兒把這粉紅鴨放進嘴裡，外層的漆會不會掉」。然而任憑做父親的竭盡心力，做兒子的仍不為所動，提不起一絲興趣。他會偷偷溜下屋後的樓梯，抱著一冊《大英百科全書》回到嬰兒房，然後整個下午埋首其中，無視被擱置地上的乳牛玩偶和諾亞方舟。在如此冥頑不靈的班傑明面前，巴頓先生的努力盡付之烏有。

一開始，這個事件在巴爾的摩掀起了巨大的波瀾，不過究竟將對巴頓一家及其親屬造成多麼嚴重的社交災難，始終不得而知，因為時屆南北戰爭爆發，城內民眾的注意力也隨之轉向。幾位禮數周到的人為了要向這對父母致賀而絞盡腦汁，結果終於讓他們想到一個別出心裁的妙計，說這孩子像極了他的祖父，而鑒於所有人到了七十歲，衰老的程度皆相去不遠，因此這項說法自然是無從否認的事實。可惜巴頓夫婦並沒有覺得高興，班傑明的祖父則倍感羞辱而大為光火。

從班傑明走出醫院的那一刻起，他便按照自己對生活的認知去過日子。幾個小男孩被邀請到家裡和他玩，於是他度過了一個叫他全身關節僵疼的下午，努力激發自己對陀螺和彈珠的興趣——他甚至不小心用彈弓打破了廚房的玻璃窗。這事倒令他父親為之竊喜。

自此之後，班傑明每天都設法打破某樣東西，只因為在人們眼中他理應打破東西，也因為他天性樂於助人。

待班傑明祖父原先的敵意漸漸淡去，班傑明和這位紳士皆從彼此的陪伴中獲得莫大的樂趣。他們會同坐好幾個小時，在年紀和經歷上都如此懸殊的兩人，就像知心老友一般，千篇一律、不厭其煩地討論著漫漫長日中的種種瑣事。班傑明感覺在祖父身邊要比在雙親面前自在——他的父母似乎總對他保有某種敬畏，雖說他們採獨裁式的威權管教，卻又經常在稱呼他時加上一聲「先生」。

大家對他一出生就明顯超齡的心智和身體感到困惑，他自己亦然。他翻閱醫學期刊，但找不到類似案例的記載。在父親的敦促下，他認真嘗試跟其他男孩一起玩，不過他通常玩比較溫和的遊戲——像足球這種過於激烈的活動會叫他惴惴不安，也怕一旦骨折，他那把老骨頭就再也無法接合了。

五歲時他被送進幼稚園，在那裡學習將綠色色紙貼在橘色色紙上、編排五顏六色的地圖、用硬紙板製作沒完沒了的項鍊等藝術活動。他容易在這些活動的過程中打起瞌睡，而這種習慣讓他的年輕教師又驚又氣。所幸老師跟他父母告狀，讓他退學，他也因此鬆了一口氣。巴頓夫婦則告訴他們的友人，說兒子還不到上學的年紀。

到他十二歲時，他的父母對他的一切也逐漸習以為常了。習慣的力量之強大，致使他們不再覺得兒子和其他小孩有所不同——除了當某些奇特異象再度出現，進而讓他們回想起這項事實的時候。但某天，在他十二歲生日後的數週，班傑明看著鏡子，竟發現（或以為自己發現）了一項驚人的改變。是眼睛欺騙了他，還是在人生邁入第十二年時，他靠染劑遮掩的髮色果真由白轉成了鐵灰？他臉上縱橫交錯的皺紋真的變淡了？他的皮膚越發健康緊實，甚至還帶上一抹冬日的紅潤？他說不上來，只知道自己確實不再彎腰駝背，體能狀況也比早年增進許多。

「難不成……？」他暗自心想。或者該說他連想都不敢想。

他去找父親。「我長大了。」他堅定地宣布。「我想穿長褲。」

他父親猶豫著。「這個嘛……」最後他終於說：「我不知道。一般十四歲才會開始穿長褲──而你才十二歲。」

「但你得承認，我比同年齡的小孩都高大吧。」班傑明為自己辯護。

他父親帶著如夢的臆想望著他。「哦，這我不太確定。」他說。「我十二歲時就跟你一樣高大。」

這不是真的──這全是羅傑・巴頓自欺欺人，為了說服自己相信兒子一切正常的說詞。

最後兩人終於達成協議。班傑明會繼續染髮，會更努力與同齡的孩子玩在一起，將不再戴著眼鏡或拄著拐杖上街。而這些讓步的回報是，他獲准穿上人生第一條長褲……

4

關於班傑明·巴頓從十二歲到二十一歲之間的生活，我無意著墨太多。只須將這些年記錄為標準的逆向成長過程便足夠了。十八歲的班傑明出落挺拔，像個五十歲男子。他的髮量增多，髮色也變成了深灰色。他的步履穩健，原先那沙啞而抖顫的嗓音也轉調為健康的男中音。於是他父親送他上康乃迪克州參加耶魯大學的入學考試。班傑明通過了測驗，成為大學新鮮人。

班傑明接獲入學許可後三天，接到了註冊組主任哈特先生的通知，請他前往註冊組辦公室洽談課程安排。班傑明瞥了下鏡子，心想得為頭髮再染一層棕色，但焦急地翻遍整個五斗櫃後，卻發現染髮劑的罐子已不知去向。然後他才想到——昨天染髮劑就已用完，他還把罐子給丟了。

他進退兩難。五分鐘後就該到註冊主任的辦公室報到，眼前似乎沒其他辦法了——他只能以真實的面貌前往。他毅然出發。

「早安。」主任禮貌地招呼他。「您是來詢問令郎的事吧。」

「唔，事實上，我是巴頓……」班傑明正欲開口解釋時，哈特先生打斷了他。

「見到您真是榮幸之至，巴頓先生。令郎隨時會到，我正在等他。」

「就是我啊！」班傑明衝口而出。「我是新生。」

「什麼！」

「我是新生。」

「您肯定是在開玩笑。」

「句句屬實。」

主任蹙起眉頭，瞥了瞥眼前的資料卡。「咦，可是班傑明・巴頓先生是十八歲，我這兒寫得很清楚。」

「我是十八歲沒錯。」班傑明確定地說，臉微微泛紅。

主任不耐煩地瞅著他。「好了，巴頓先生，你不會真以為我會相信吧？」

班傑明也不耐煩地笑了。「我十八歲。」他重複道。

主任毅然決然指向門口。「出去。」他說。「滾出這所大學，然後滾出這座城鎮。你這危險的瘋子。」

「我十八歲。」

哈特先生開門送客。「真是高招呀！」他吼道：「都這把年紀了，還想佯裝新生矇混進來。十八歲嘛，很好，我就給你十八分鐘滾出這座城。」

班傑明・巴頓昂然走出辦公室，而在走廊上等待的六位大學生無不對他投以好奇的目光。他走了幾步後，便轉過身來面對仍站在門口那位氣急敗壞的註冊主任，以堅定的聲調重複道：「我就是十八歲。」

班傑明在那群大學生齊聲和出的一陣竊笑中離去。

但他註定是無法輕易脫身的。當他悶悶不樂地走向火車站，他察覺到身後先是跟了幾位大學生、接著是一群大學生，最後竟跟了密密麻麻數算不清的大學生。話已傳開，都說有個瘋子通過耶魯的入學測驗，並企圖假扮成十八歲的小伙子矇騙過關。一股激烈的興奮之情瀰漫整座校園，男學生未戴帽子就衝出教室，足球隊的隊員們中止練習加入了群眾，教授的妻子們顧不得頂上禮帽歪斜、股上裙撐錯位，紛紛追起隊伍大呼小叫。而隊伍中傳出的評論不絕於耳，直搗班傑明・巴頓柔軟脆弱的情感。

「他肯定是流浪的猶太人*！」

「以他這把年紀，應該先上預備學校才對吧！」

「瞧這位天才兒童！」

「他以為這裡是養老院呀。」

「滾去念哈佛啦！」

班傑明加快腳步，不一會兒就跑了起來。等著看吧！他會去念哈佛，到時候他們就為自己未經大腦的奚落辱罵而後悔吧！

毫髮無傷地登上開往巴爾的摩的火車後，他將頭伸出車窗外，吼道：「你們會後悔的！」

「哈——哈！」大學生笑著。「哈——哈——哈！」這是耶魯大學所犯過最嚴重的

＊傳說中因嘲笑受難的耶穌而遭受永世流浪的懲罰，直至基督復臨方休的猶太人。

錯誤……

5

一八八零年，班傑明．巴頓二十歲，而他紀念生日的方式就是進入羅傑．巴頓五金批發公司為父親工作。同年，他也開始「外出交際」——意思是，他父親堅持帶他參加幾個上流舞會。羅傑．巴頓年屆五十，和兒子的相處也越來越融洽——說真的，停止染髮的班傑明（仍是一頭灰髮）看上去與巴頓先生年紀相仿，說他們是兄弟也不為過。

八月的某天晚上，父子倆盛裝打扮後便坐上無篷馬車，赴往巴爾的摩城外的謝弗林鄉間別墅參加舞會。是夜妙兮倩兮，滿輪月色下的道路浸潤著柔美的銀白，遲綻的作物之花向湛然的空氣輕吐芬芳，宛如幾不可聞的低迴笑語。開闊的田野鋪蓋整片晶瑩麥桿，彷若白日般透亮。幾乎誰都無法不為這夜空的絕色所動——幾乎。

此時，羅傑．巴頓開口：「紡織業前景大好。」他不是個重視精神層面的人——他的美感還停留在粗淺階段，未曾琢磨。

「我這一輩的老狗學不會新把戲——」他語重心長地論道。「光明的未來是留給你們這些充滿幹勁與活力的年輕人的。」

遠處的謝弗林鄉間別墅燈火漸入眼簾，當下一陣颯颯之聲不住地淌進他們耳間——可能是小提琴悠揚的淒訴，可能是月下銀色麥穗的搖曳窸窣。

他們停在大門前一輛氣派的馬車後方，那馬車上的乘客正陸續下車。有位女士走出來，然後是一位年長的紳士，接著又走出一位妙齡女子，美得叫人屏息。班傑明為之一震；那彷彿是種化學變化，將他體內所有的元素分解再重組。寒顫掃過他的身體，血氣湧向他的臉頰和前額，陣陣轟鳴在他的耳畔持續迴響。這是他的初戀。

那女孩體態纖弱，秀髮被月光洗成灰白，又因門廊劈啪作響的煤氣燈染上蜜黃光澤。她的雙肩拂上一條西班牙薄紗披肩，而那柔和之至的輕妙黃紗上綴有黑色的蝴蝶。她身上一襲及地禮服，裙腳鑲飾著閃閃發亮的鈕扣。

羅傑・巴頓探過身子，對兒子說：「那位是西德嘉・蒙克里夫小姐，蒙克里夫將軍的女兒。」

班傑明淡漠地點點頭。「漂亮的小東西。」他冷冷地說。但當黑人僕童領過馬車後，他又補了一句：「爸，你或許可以介紹我們認識。」

他們走近一群人，蒙克里夫小姐正被簇擁其間。受古禮教養的她向班傑明屈膝行禮。是的，他可以與她共舞一曲。他謝過她，然後轉身走開——顫顫巍巍地走開。

輪到他與她共舞之前，那等待的間隙恍如永世。他挨牆佇立，沉默不語，一副高深莫測的樣子，並以騰騰怒目瞪視著旋繞在西德嘉・蒙克里夫身邊，臉上溢滿熱情與仰慕的巴爾的摩年輕人。他們在班傑明眼中是多麼可憎，他們頰上的紅潤簡直令人忍無可忍！他們棕色的絡腮捲鬍激起他一股近乎消化不良的噁膩。

不過當他的時刻終於到來，當他與她隨著巴黎時下最流行的華爾滋樂音於舞池翩翩起舞，他的嫉妒與焦慮就如覆蓋大地的霜雪消融了。意亂情迷的班傑明感覺此刻人生才真正展開。

「你和你哥是跟我們同時抵達這裡的，對吧？」西德嘉問，抬起如同藍色搪瓷的晶亮眼眸望著他。

班傑明遲疑了一下。若她誤以為他是他父親的兄弟，那麼有必要告訴她真相嗎？他想起在耶魯發生過的事，於是決定不加以糾正。反駁淑女是種失禮的行徑，以他那荒誕不經的出身來破壞此等美妙時刻，更是種罪惡。晚點再告訴她吧，或許。於是他點頭、微笑、傾聽、快樂無比。

「我喜歡你這個年紀的男人。」西德嘉說。「年輕的小伙子多麼愚蠢呀，一直跟我說他們在大學裡灌了多少香檳，玩牌又輸掉多少錢。你這個年紀的男人才懂得欣賞女人。」

班傑明感覺自己幾乎要脫口向對方求婚了——費了九牛二虎之力才嚥下這股衝動。

「你正值浪漫的歲數。」她繼續說：「五十歲。二十五歲的男人太世故，三十歲的男人又常因工作過度而臉色蒼白；四十歲的男人總愛長篇大論，一個故事抽上整整一根雪茄都還講不完；六十歲的男人……噢，六十歲太接近七十歲了，而五十正是醇熟之年。我愛五十歲的男人。」

五十歲在班傑明眼中似乎是個輝煌的年紀。他熱切地企盼自己是五十歲。

西德嘉接著說：「我老說自己寧願嫁給一個五十歲的男人，受其呵護，也不要嫁給三十歲的男人，還得反過來照顧他。」

餘下的夜晚，班傑明彷彿浸沐在蜜色的薄霧之中。西德嘉又和他跳了兩支舞，他們還發現關於當天所有問題的討論，彼此竟相契得不可思議。她答應接下來的週日與他駕車出遊，屆時他們將更深入討論這些話題。

拂曉之前，初起的蜜蜂正嗡嗡低巡，殘月的微光映照在清冷的晨露上，班傑明坐著返家的馬車，隱約聽見父親正與他商討五金批發事務。

「……那你認為繼鐵鎚和釘子之後，最值得我們投入心思的是什麼？」老巴頓說。

「愛（Love）。」班傑明答得心不在焉。

「把手（Lug）？」羅傑．巴頓嚷道。「哎，我才剛講過把手的問題啊。」

班傑明眼神迷茫地望著他。此時，一道曙光倏地劃破東方天際，一隻黃鸝在即將甦醒的樹叢間打了個刺耳的呵欠……

6

六個月後，西德嘉・蒙克里夫小姐和班傑明・巴頓訂婚的消息傳開（說「傳開」是因為蒙克里夫將軍聲稱寧願拔劍自刎，也不願公開宣布此事），旋即在巴爾的摩社交界颳起一陣紛喧鼓譟。班傑明幾被遺忘的出生故事再度為人所憶起，經過加油添醋成了各式鄉野奇談，乘著流言蜚語四處散播。有人說班傑明其實是羅傑・巴頓的父親，有人說他是老巴頓吃了四十年牢飯的兄弟，有人說他是喬裝後的約翰・布斯*——到了最後，還有人說他頭上抽出了兩支圓錐小角。

紐約各報的週日增刊用各種吸引人的漫畫大肆渲染此事，畫中把班傑明・巴頓的頭接上魚身、蛇體，最後還接到銅像的身軀上。他被報導成「馬里蘭州的謎樣男子」，從此聲名大噪。但事情的真相，一如往例，僅有少數人知曉。

不過，每個人都同意蒙克里夫將軍的想法，認為一個大可嫁給巴爾的摩任何青年才

* John Wilkes Booth，美國戲劇演員，於一八六五年刺殺林肯總統。

俊的可人兒，卻投入鐵定年逾五十的男人懷裡，這簡直是「犯罪」。就算羅傑・巴頓先生將兒子的出生證明以斗大字樣登在《巴爾的摩火焰報》上也無濟於事。沒有人相信。只要看一眼班傑明的樣子你就明白為什麼了。

儘管如此，與此事關係最為密切的兩人卻不曾動搖。關於她未婚夫的錯謬傳聞多如雪片，使得西德嘉倔強地連真相都拒絕採信。蒙克里夫將軍向她道破年屆五十的男人——或至少有著五十歲老態的男人——死亡率甚高，沒用；告訴她五金批發業的收益並不牢靠，也沒用。西德嘉選擇為醇熟出嫁——而她也得償所願……

7

西德嘉・蒙克里夫的朋友們起碼看錯了一點。五金批發業出人意料地蒸蒸日上。自班傑明一八八零年結婚，到一八九五年他父親退休的十五年間，巴頓家族的財產翻了一倍——而這多半要歸功於公司的這位年輕成員。

可想而知，巴爾的摩最終還是敞開雙臂接納這對夫妻。就連老蒙克里夫將軍也與女婿和解了，畢竟班傑明出資讓他那洋洋灑灑寫了二十冊的《南北戰史》，在吃了九間知名出版社的閉門羹後得以付梓問世。

十五年的時光也在班傑明身上刻下不少改變。他感覺血液裡似乎有股新的活力，在血管中流淌伏動。他開始於清晨起床，以積極的步伐踏行繁忙、晴朗的街道，終日不倦地處理鐵鎚和釘子的進出貨，並以此為樂。一八九零年，他施行了他著名的商業策略：提議「釘子作為貨品裝箱時，箱子本身釘裝用的釘子應屬原承包商所有」。此項提議後來得到首席法官佛索的批准，成了法令，替羅傑・巴頓五金批發公司每年省下超過六百支的釘子。

除此之外，班傑明發現自己越來越受生活中歡樂的一面所吸引。他成為巴爾的摩這城市裡第一位擁有汽車，並駕著車到處跑的人，便是他日漸追求享樂的典型表現。與他同輩之人在街上遇到他，無不對他所展現的健康與活力投以羨妒的眼光。

「他好像一年比一年年輕了。」他們如此議論著。而現年六十五歲的老羅傑・巴頓儘管一開始沒有適切地迎接兒子的出世，也總算藉由越來越近乎阿諛奉承的態度，向兒子作了彌補。

眼下我們即將談論一個讓人不甚愉快的話題，所以還是儘快帶過就好。只有一件事讓班傑明．巴頓擔憂：他的妻子對他已不再具有吸引力了。

此時的西德嘉是位三十五歲的婦人，她產下一子，取名羅斯科，已有十四歲大。婚姻初期班傑明曾對她百般仰慕，不過隨著歲月流逝，她蜜糖色的秀髮轉成乏味的棕色，搪瓷般的藍色眼眸有時倒顯出廉價陶器的神態——最糟糕的是，她變得太安分守己、太溫順、太滿足，對刺激的事物無法招架，品味也過於樸素。剛結婚時，是她「拖」著班傑明參加一場又一場的舞會和晚宴——如今，情況則完全相反。她會陪他出席社交活動，但卻意興闌珊，深深陷溺於那終有一天會找上我們每個人，並伴著我們直到生命盡頭的永恆惰性之中。

班傑明的不滿日益月滋。一八九八年美西戰爭爆發時，他對家庭的愛戀已微乎其微，於是決定從戎。憑其在商界上的影響力，他獲任命為上尉，並在職務上顯得遊刃有餘，於是接著晉升為少校，最後更擢升為中校，這使他恰好趕上了著名的聖胡安山戰役。他負了輕傷，也獲授勛章一枚。

軍旅生活的行動和刺激令班傑明著迷不已，讓他百般不願放棄。但他的生意需要照料，於是只好辭去軍職返鄉。他走出車站，就有一組銅管樂隊迎上前去，並一路簇擁著他回家。

8

西德嘉揮舞著綢布旗幟，在門廊上迎接他。即使親吻著她，班傑明也會感覺心頭一沉，體悟到三年的時光確實留下了痕跡。她現在四十歲了，已有束灰髮隱約在頭上劃下一條戰線。這景象令他沮喪。

上樓進房後，他在那面熟悉的鏡子前看見自己的身影——他又走近了點，焦慮地檢視自己的臉，過一會兒又拿起他在戰爭前夕拍的軍服照反覆比對。

「天啊！」他大喊。那過程還在持續。毫無疑問──他現在看起來像個三十歲的男人。他並未因此而高興，反倒覺得不安──他正越變越年輕。他至今一直期待著自己的身體年齡和實際年齡一旦相符，那出生時就讓他與眾不同的怪異現象便會停止。他渾身顫抖，覺得自己的命運似乎既可怕，又不可思議。

他下樓的時候，西德嘉正等著他。她神情惱怒，使他不禁懷疑她是否終於發現哪裡有些不對勁。班傑明努力想舒緩兩人間緊繃的情緒，於是晚餐時以自認巧妙的方式提起這話題。

「嘿──」他輕描淡寫地說：「大家都說我看起來比以前更年輕了。」

西德嘉輕蔑地瞅著他，嗤之以鼻說：「你覺得這是件值得吹噓的事嗎？」

「我不是在吹噓。」他不自在地澄清。

她又哼了一下。「這種念頭……」她頓了一下，接著說：「我還以為你會有點自尊，對此不屑一顧哩。」

「我能有什麼辦法？」他問道。

「我不會跟你爭辯。」她回嘴。「但做事的方法有對有錯。如果你下定決心要與眾不同，我也不覺得自己阻止得了，但我真的認為這麼做有欠考慮。」

「可是，西德嘉，這我也無能為力啊。」

「你可以的，你只是太頑固。你就是不想跟其他人一樣。你向來如此，往後也會是如此。但請你想想，要是每個人都按你這種作風行事，那會是什麼情況——這個世界又會怎樣？」

這個問題空洞而無解，因此班傑明沒有答腔，而從那一刻起，兩人間的隔閡便開始日漸擴展。他很納悶當初她到底施了什麼魔法，讓他如此迷戀。

隨著新世紀向前推移，他發現自己對歡快的渴望越來越強烈，這也更加深兩人之間的裂痕。於巴爾的摩市舉辦的大小宴會，無不可見他的蹤影；他和最美麗的少婦共舞，和最受歡迎的社交新媛聊天，樂於享受她們的陪伴。而此時，他的妻子則有如不祥的富孀，坐在一群女監護人之間，滿臉高傲的不以為然，以嚴肅、困惑和責備的眼神緊盯著他。

「瞧！」人們會這麼議論：「多可惜啊！這麼年輕的小伙子跟一個四十五歲的女人兜在一塊兒啦。他肯定比他老婆小個二十歲吧。」他們忘了——正如人們無可避免總是會遺忘——早在一八八零年，他們的爸爸媽媽也如此非議過這同樣不相襯的一對。

班傑明在家日益的不快，從許多新的興趣中得到了補償。他打起高爾夫球，還打得有模有樣。他熱愛舞蹈：一九零六年，他成了「波士頓華爾滋」的專家；一九零八年，他被公認為「瑪嬉喜舞」*的能手；到了一九零九年，他的「凱斯托步」**跳得令城內每位年輕男性妒忌又羨慕。

當然，他的社交活動或多或少已妨礙了他的事業，但話說回來，他都在五金批發業打拼了二十五年之久，也覺得差不多該交棒給羅斯科，他這位剛從哈佛大學畢業的兒子了。

其實，他跟他的兒子常被誤認為彼此。這讓班傑明感到愉快——他很快就忘了從美

* Maxixe，為森巴舞的前身，起源於巴西里約，又稱「巴西探戈」。

** Castle Walk，為當時流行舞步，後融入探戈成為基本舞式之一。

西戰爭歸來後，那隱伏在心頭的憂懼，反而越發天真地為自己的外貌而欣喜。唯一美中不足的，是他厭惡與妻子連袂出席公眾場合。西德嘉將近五十歲了，見到一旁的她，他就覺得荒謬可笑……

9

一九一零年的某個九月天——羅傑·巴頓五金批發公司移交給年輕的羅斯科·巴頓掌管數年之後——一名貌似二十歲左右的男子，以新鮮人之姿進入劍橋市的哈佛大學就讀。他沒有犯下宣稱自己早已經歷過五十歲的錯誤，也沒提及十年前他的兒子正是於這所學校畢業。

他獲准入學，而且幾乎隨即在班上取得不容忽視的地位，部分是緣於他似乎比其他平均年齡約十八歲的新生顯得老成一點。

然而他卓越的地位還是得歸功於在與耶魯的足球賽中技驚四座的表現。他帶著冷酷無情的怒火橫衝四撞，為哈佛七次達陣、十四次射門成功，還使耶魯整隊共十一名球員一個個被抬下場，全都不省人事。他是校園裡最知名的風雲人物。

奇怪的是，他到大三時卻差點擠不進球隊。教練們指他體重下滑，而在一些觀察力較敏銳的人眼中，他的身高似乎也縮水了。他無法再達陣——事實上，他之所以被留在隊上，主要是希望藉他的赫赫威名，讓耶魯隊心生恐懼，自亂陣腳。

到了大四，他根本無法入選球隊。他變得如此瘦弱，某天還被一群大二生當成是大一新生，這件事令他備感羞辱。他漸漸被傳為天才——一個肯定不超過十六歲的大四生——而班上部分同學的世故也常叫他感到詫異。課業的難度似乎越來越高——感覺超乎他的程度。他曾聽同學聊到聖麥達斯這所知名的預備學校，他們中有不少人為了進大學去念那所學校。於是他決定畢業後前往聖麥達斯就讀，躲在身材相仿的男孩之間，他的生活會更自在些。

一九一四年畢業後，他口袋裡插著哈佛大學文憑，返回家鄉巴爾的摩。西德嘉現在定居義大利，因此班傑明前去與兒子羅斯科同住。不過，雖說大體上人人都歡迎他回家，羅斯科卻顯然對他毫無熱切之情——甚至當班傑明像個茫然的青少年在屋內無精打采地閒晃時，還能隱約感覺到兒子多少認為他有點礙眼。羅斯科已經成婚，且在巴爾的摩社交界是個有頭有臉的人物，他可不希望傳出什麼家族醜聞。

在社交新媛和年輕大學人馬中不再吃香的班傑明，發現自己除了三、四個十五歲的鄰家男孩相伴，其餘的時間多半都孤伶伶一人。他憶起到聖麥達斯就學的念頭。

「欸——」某天他對羅斯科說。「我跟你說過好幾遍了，我想去念預備學校。」

「那就去啊。」羅斯科簡短地回答。這事令他反感，很希望能避開討論。

「我沒辦法自己去。」班傑明無助地說：「你得幫我申請，然後帶我去。」

「我沒那個時間。」羅斯科一口回絕。他瞇起眼睛，不安地瞄著他父親，並補充道：「事實上，你最好別再想這件事，最好就算了吧。你最好……最好……」他稍事暫停，而在搜尋恰當字句的同時，他的臉變得緋紅。「你最好調過頭來，開始朝另一個方向發育。這玩笑開得太過火了，已經再也不好笑了。你……你給我守點規矩啊！」

班傑明看著他，淚水在眼眶打轉。

「還有一件事。」羅斯科繼續說：「家裡有訪客時，希望你叫我『叔叔』——不是『羅斯科』，而是『叔叔』，懂嗎？讓一個十五歲的小男孩直呼名諱，這也太荒唐了。或許你最好**一直**叫我『叔叔』，這樣你才會習慣。」

羅斯科正顏厲色地看了父親一眼，然後轉身離去……

10

此次談話結束後，班傑明在樓上悶悶不樂地來回踱步，並審視著鏡中的自己。他三個月沒刮鬍子了，但是臉上一片光淨，只有幾絲細小的白色汗毛，全不勞費心打理。他剛從哈佛返家時，羅斯科曾找他商量，建議他戴上眼鏡，並在臉上黏些假鬍鬚。於是有一陣子，他早年經歷的那些鬧劇似乎又重新上演了。可是假鬍鬚令他搔癢不已，又叫他難為情，他忍不住哭了起來，羅斯科只好不情不願地發些慈悲。

班傑明翻開一本名叫《比米尼灣的童子軍》的童書，並開始閱讀，腦中卻不斷想著戰爭。美國已於上個月加入協約國陣線，班傑明也想從軍，可是，唉，年齡的最低限制是十六歲，而他看起來還不到那個年紀。不過反正他的實際年齡五十七歲也同樣不符資格。

有人敲響房門，管家拿著一封信現身，信封一角有大大的官方用樣，收件人載明班傑明．巴頓先生。班傑明急忙撕開信封，興高采烈地讀著隨信附件。附件上寫道，國家將重新徵召曾於美西戰爭服役的諸多後備軍官，並予擢升軍階。信中還附上美國陸軍准將的委任狀，以及即刻報到的召集令。

班傑明一躍而起，激動得發抖。這正是他長久以來引頸企盼的呀。他抓起帽子，十分鐘後走進查爾斯街上一家大型裁縫公司，以含糊而尖銳的嗓音要求量身裁製軍裝。

「想扮阿兵哥嗎，小弟弟？」店員隨口一問。

班傑明漲紅了臉。「喂！你管我要幹嘛！」他氣憤地回嘴。「我是住在弗農山丘廣場的巴頓，這樣你該知道我付得起錢了吧。」

「這個嘛……」店員遲疑地答應。「要是你付不起，我想你老爸也付得起。那好吧。」

裁縫為班傑明量了身，一星期後他的軍裝就完成了。他在取得合適的將軍階級佩章時遇上了一點困難，因為商家不斷堅稱漂亮的基督教女青年會徽章看起來也同樣拉風，還能提高玩興。

他對羅斯科隻字未提，便在某晚離家，搭上火車前往位於南卡羅萊納州的摩斯比軍營，一旅步兵正在那兒等著他統率。他在一個悶熱的四月天到達軍營入口，付錢打發了從車站載他來的計程車，接著轉身面對值勤中的衛哨。

「叫個人來搬我的行李！」他朝氣蓬勃地說。

衛兵以責備的眼神睨視著他。「喂！」他說。「你穿著將軍的制服想上哪去啊，小弟弟？」

班傑明這個打過美西戰爭的老兵，眼冒怒火地衝到衛兵跟前，可是，哎呀，脱口而出的聲音偏偏飄忽尖銳。

「給我立正！」他試著怒喝。他停下吸了口氣——只見衛兵突然腳跟一併、持槍行禮。班傑明收斂著滿意的微笑，但當他環顧四週，笑容便褪去了。衛兵服從的對象並不是他，而是一位騎著馬緩緩接近，威風凜凜的砲兵上校。

「上校！」班傑明尖聲叫喚。

上校上前、勒馬，以他閃爍著光芒的冷峻眼神俯瞰著他。「你是誰家的小孩呀？」他和藹地問。

「我他媽很快就會讓你知道我是誰家的小孩！」班傑明惡狠狠地回嗆。「給我滾下那匹馬！」

上校哈哈大笑。

「你想騎？呃，這位將軍？」

「拿去！」班傑明拼了命地大吼。「看清楚。」他將委任狀塞到上校手中。

上校閱畢，兩顆眼珠差點沒掉出來。

「這你從哪兒弄來的？」他問道，並將文件收進自己的口袋。

「政府發給我的，不信你去查！」

「你跟我來。」上校帶著奇特的眼神說。「我們到總部去談談，來吧。」

上校旋過身，領著馬向總部踱去。班傑明無計可施，只好盡可能不失尊嚴地跟在後頭——同時暗自決定將施以嚴峻的報復。

但這復仇行動始終無法實現。兩天後，他的兒子羅斯科倒是現身了：他氣急敗壞地從巴爾的摩匆匆趕來，領著一個哭哭啼啼、被扒去軍裝的將軍回家。

11

一九二零年，羅斯科的長子出世了。而在隨之展開的一連串慶祝活動期間，沒有人認為「這事」值得一提：那個看上去十歲左右，在屋內各處玩著玩具兵和迷你馬戲團模型的髒兮兮小男孩，其實就是新生兒的祖父。

無人不疼惜這個一臉清新、爽朗，卻帶著一絲憂傷的小男孩，但對羅斯科・巴頓而言，他的存在是種折磨。用羅斯科那一代的語彙來說，他不認為這事「有效益」。在他看來，他這位拒絕披上六十歲外貌的父親，行為舉止不像個「雄赳赳的男子漢」——這是羅斯科最愛的說法——舉手投足盡顯怪異反常。確實，這事只消在他腦中打轉個半小時，他就會瀕臨精神錯亂。羅斯科相信人要「生龍活虎」，是該常保年輕，但實踐到這種程度就是……就是……就是無能。除此之外，羅斯科不作他想。

五年後，羅斯科的小孩已經大到能和小班傑明在同一位褓姆的照看下，一起玩稚童的遊戲。羅斯科在同一天帶他們倆去上幼稚園，而班傑明發現用色紙紙條做紙墊子、紙項鏈，和折出各種新奇美麗的樣式，是世界上最好玩的遊戲。有回他不乖而被叫去角落罰站——於是他哭了——但多數時候，這個愉快的房間裡洋溢著歡笑，陽光灑進窗內，貝莉小姐慈祥的手不時會稍憩在他蓬亂的髮間。

一年後，羅斯科的兒子升上小學一年級，但班傑明仍繼續留在幼稚園。他很快樂。有時當其他孩子談論著長大後的志向，他那張小臉便會蓋上一道陰影，彷彿在懵懵懂懂之間，他那幼稚的腦袋瓜已意識到那些是他永遠也無法分享的事。

日子在一成不變的滿足中緩緩流逝。他第三年回到幼稚園，但現在已幼小得無法理解那些鮮豔閃亮的紙條要用來做什麼了。他因為其他男孩比他高大而害怕，而哭泣。老師跟他說話，雖然他努力去理解，卻仍一頭霧水。

他從幼稚園被接了回來。穿著漿挺格紋棉衫的褓姆娜娜成了他小小世界的中心。天氣晴朗時，他們會到公園散步。娜娜會指著一隻巨大的灰色怪獸說「大象」，班傑明會跟著複述，而夜裡當娜娜為他更衣準備上床睡覺，他會一遍又一遍對著她大聲複誦：「尬象、尬象、尬象。」有時娜娜允許他在床上跳躍，這很好玩，因為如果屁股落下的位置剛好，彈起時還可以雙腳立定。要是跳的時候嘴巴一直發出「啊」的聲音，就會得到非常討喜的破音效果。

他喜愛一邊拿著掛在帽架上的拐杖到處敲打桌椅，一邊喊著：「衝啊、衝啊、衝啊。」有訪客時，年長的女士們會咯咯咯地逗弄他，這他覺得很有趣；那些年輕的女士會試著親吻他，這他則會略帶厭煩地屈從。到了傍晚五點，漫漫白日將盡，娜娜會帶他上樓，用湯匙餵他燕麥粥和各種糊狀的綿細佳餚。

在他稚氣的睡眠中，沒有惱人的記憶，沒有英姿煥發的大學時光，也沒有讓許多少女心蕩神馳的燦爛歲月徘徊侵擾。惟有嬰兒床潔白穩固的床圍、娜娜、一個偶爾現身探望他的男人，還有一顆巨大的橘色圓球。在他黃昏就寢前，娜娜會指著那顆球說：「太陽。」當太陽西下，他的雙眼困倦欲闔——闔眼無夢，無夢糾纏不休。

過去——帶領著弟兄瘋狂衝鋒攻上聖胡安山；婚後頭幾年，為了年輕的愛妻西德嘉，在繁忙的城市中工作到夏夜幕帷低垂；更早之前，偕同祖父坐在夢露街上幽邃的巴頓老宅中，抽著雪茄直至深夜——這一切皆如虛幻不實的夢境，逐漸在他心底消散，彷彿從未存在過。

他記不得了。他記不得最後那口牛奶是溫是涼，也記不得一天天是怎麼過去的——他只記得嬰兒床和娜娜熟悉的身影。接著，他連這些也都遺忘。餓的時候他就哭——如此而已。從早到晚，他只是呼吸著；他的上方傳來難以聞見的軟語呢喃、朦朧難辨的各種氣味，以及光明與黑暗。

然後一切歸於黑暗。他的白色嬰兒床、在他上方移動的模糊面容、煦暖甜美的牛奶香氣，全都一併自他的意識褪去。

殘火
The Lees of Happiness

1

如果你翻閱本世紀頭幾年的舊雜誌檔案，會發現在理查・哈汀・戴維斯*、法蘭克・諾里斯**和其他辭世已久的作家們所寫的故事之間，夾雜了這位傑佛瑞・柯坦的作品：包括一、兩部長篇小說，還有約莫三、四十則的短篇。感興趣的話，不妨一路追著讀下去，直到……一九零八年吧，之後他的作品突然再不復見。

等你讀過他所有作品，就會相當清楚裡頭並沒有什麼經典之作——都是些寫得還算過得去的有趣故事，現在讀來是有點過時了，但無疑能讓你在牙醫候診室打發掉沉悶的半個小時。寫下這些故事的作者聰慧、有才華、能言善道，或許還很年輕。看過他幾篇

---

* Richard Harding Davis，為美國小說家、劇作家，畢生作品繁多，不過在當時最為人所道的身分是戰地記者，曾先後報導過美西戰爭、第一次世界大戰等重要戰事。

** Frank Norris，為美國小說家，亦為美國自然主義小說的先驅。重要著作包括《麥克悌格》（McTeague）、《章魚》（The Octopus: A Story of California）、《深淵》（The Pit）等。

作品後你會發現，這些故事除了能激發你對人生中的各式奇想產生一絲興趣，別無其他——引不起發自內心的笑，也喚不起某種無力感或悲劇的暗示。

讀完後你會打起呵欠，再將該期雜誌歸檔。如果你正待在某個圖書館的閱覽室，你或許會為了換換口味而決定翻翻那個時期的報紙，看看小日本是否拿下了旅順港。但假若你剛好選對了報紙，而且啪地一翻就翻到戲劇版，你的目光將停留在頁面上無法移開。你會馬上將旅順港和蒂耶里堡*拋諸腦後，至少一分鐘不再想起。因為你將有幸看見一位絕世美女的相片。

那是音樂劇《芙蘿洛朵拉》和六重唱**、束腰和蓬蓬袖的年代，也是裙撐爭豔、芭蕾舞裙稱絕的年代。但眼前，毫無疑問，即便在不適應的僵硬表情和過時服裝的矯飾之

---

* 蒂耶里堡（Chăteau Thierry）為一次世界大戰時，美軍與德軍對峙的法國戰場。

** 《芙蘿洛朵拉》（Florodora）為二十世紀第一齣廣獲好評的百老匯音樂劇，文中提到的「六重唱」即是本劇最著名的設計，由六男六女組成的雙重六重唱在舞台上演唱的情歌〈告訴我吧，可愛的少女〉（"Tell Me Pretty Maiden"）也成為當時膾炙人口的歌曲。

下，相片中的女人仍如蝶中之蝶。眼前是時代的風華——醇酒般醉人的眼眸、打動人心的歌曲、杯觥百花、舞會與晚宴。眼前是租賃馬車上的維納斯，是時值秀色的吉布森女孩*。眼前是……

……眼前是蘿克珊·米爾班克。你在下方找到女人的名字，這位蘿克珊·米爾班克原是《雛菊花環》一劇中的歌舞女郎及候補演員，因表現出色，後來劇中明星因病退出時，她便一躍成了主角。

你會再看她一眼——然後開始納悶。怎麼從沒聽說過她？為何不曾見她的名字與莉莉安·羅素、史黛拉·梅修、安娜·海德**一同流連於流行歌曲、輕歌舞劇的笑話、雪茄上的箍條，以及你那位快活老伯父的記憶之中？蘿克珊·米爾班克——她身在何方？

---

* 美國插畫家吉布森（Charles Dana Gibson）將十九世紀末、二十世紀初的美國少女理想化，進而畫出「吉布森女孩」。

** 以上三人（Lillian Russell、Stella Mayhew，和 Anna Held）皆為美國 1890 年至 1900 年，所謂「快樂的九零年代」（the Gay Nineties）時期火紅的女演員和歌手。

被什麼突然敞開的暗門給吞噬了嗎?上週日報紙副刊列出遠嫁英國貴族的女演員名單裡,確實沒有她的名字。她勢必已不在人間——可憐的美麗少女——人們也把她忘得一乾二淨了。

我的期望是有點過分。先是要你在無意間發現傑佛瑞·柯坦所寫的小說、蘿克珊·米爾班克的相片,現在又想請你翻翻六個月後的報紙。但你若真能找到這篇報導,那就太不可思議了。那則新聞篇幅只有二乘四吋,非常低調地告知大眾這樁婚姻:曾參加《雛菊花環》巡演的蘿克珊·米爾班克小姐,嫁給了知名作家傑佛瑞·柯坦先生。還不帶任何情感地補了一句:「柯坦夫人將告別戲劇舞台。」

這樁婚姻是愛的結合。男方是任性得可愛,女方則單純得令人難以抗拒。他們就像兩根浮木正面相迎、彼此碰撞,然後一同加速前行。只是就算傑佛瑞·柯坦再筆耕個四十年,也無法在故事中寫出比自己人生際遇更加離奇的轉折。就算蘿克珊·米爾班克再扮上三十多種角色、演完五千場滿座,也不可能碰上比命運早為她鋪展開來,更幸福也更絕望的情節。

有一整年的時間，他們以旅館為家，前往加州、阿拉斯加、佛羅里達、墨西哥等地旅行。他們沉浸在愛河中，溫柔地拌嘴，他的機智風趣伴隨她的美麗而生，而這種種美好瑣事都讓他們自豪——他們青春洋溢，有著滿腔的熱情；他們需索一切，然後又在無私、驕傲的高漲情緒裡忘我地捨棄一切。她愛他說話時連珠炮般的語調、他無端忌妒時的狂亂舉止。他愛她明眸間漆黯的光輝、潔白的虹光，也愛她笑容所綻發的那股溫暖、燦爛的熱情。

「你怎能不喜歡她？」他會既興奮又羞怯地問道。「不覺得她很棒嗎？你有沒有見過……」

「是啊。」而他們會笑嘻嘻地回答。「她很棒。你真幸運。」

一年後他們住膩了旅館，於是在距芝加哥半小時車程的馬羅鎮附近，買下一棟老屋和二十英畝地。還買了一輛小車。然後便馳騁著連巴爾博亞*都自嘆弗如的拓荒想像，浩浩蕩蕩搬了過去。

---

* Vasco Núñez de Balboa，為西班牙探險家，是第一位穿越巴拿馬發現太平洋的歐洲人。

「這會是你的房間！」他們輪流喊著。

——接著是：

「這會是我的房間！」

「孩子出生後，這間就拿來當嬰兒房。」

「我們還要搭一間寢廊——噢，明年就來做。」

他們四月搬家。七月時，傑佛瑞最親近的友人哈利・克羅威爾前來拜訪，為期一週——他們在長形草坪的盡頭迎接他，並得意地催促他進屋。

哈利也是個已婚男人。他的妻子約六個月前產下一子，目前仍待在紐約的娘家休養。蘿克珊從傑佛瑞的話中推知哈利的老婆並不像他那樣討人喜歡——傑佛瑞見過她一次，認為她——「膚淺」。但他們這段婚姻也快邁入第二年了，顯然哈利也感到很幸福，所以傑佛瑞猜她大概也沒那麼糟……

「我正在做餅乾。」蘿克珊煞有其事地叨絮著。「你老婆會做餅乾嗎？廚師正在教我怎麼做。我認為每個女人都應該會做餅乾。那聽起來就是件能讓壞心情一掃而空的好事。會做餅乾的女人肯定不會——」

「你得離開城市，搬到這裡來住住。」傑佛瑞說。「像我們一樣在鄉間找個地方，為了你自己也為了凱蒂好。」

「你不瞭解凱蒂。她討厭鄉下，非得有劇院和歌舞劇她才活得下去。」

「帶她來嘛。」傑佛瑞重複道：「這兒會變成一個聚落。附近已經住了一群非常友善的居民啦，帶她來就是了！」

此時，他們踏上了門廊的台階，而蘿克珊輕快地指了指右邊一棟破敗的建築物。

「那是車庫。」她宣布：「兼傑佛瑞的寫作間，這個月就會動工了。對了，七點吃晚餐哦。而且而且，我會為你們調點雞尾酒。」

兩個男人上了二樓——應該說，他們正爬上二樓，因為才到了轉角的樓梯間，傑佛瑞就放下這位訪客的手提箱，以半詢問半驚嘆的口吻大聲道：

「老天哦哈利，你覺得她怎麼樣？」

「先上樓吧。」他的訪客回答。「我們關起門來說話。」

半小時後，當他們同坐在圖書室裡，蘿克珊的身影再度從廚房出現，手裡還端著一盤餅乾。傑佛瑞和哈利起身。

「真漂亮的餅乾，親愛的。」丈夫熱烈地説。

「很精緻。」哈利低聲道。

蘿克珊眉開眼笑。

「嚐一塊吧。沒給你們看過之前，我一塊也不敢動。還不知道味道如何之前，我也不想拿回去。」

「肯定是天賜美食，親愛的。」

兩個男人不約而同地將餅乾舉至脣邊，試探性地咬了一小口，接著又不約而同地試圖轉移話題。但蘿克珊沒上當。她放下盤子、抓起一塊餅乾，過了一秒後，她以悲痛欲絕的斷然語氣大聲評論道：

「難吃死了！」

「真的嗎……」

「咦，我沒注意……」

蘿克珊叫嚷著。

「噢，我真沒用。」她又哭又笑。「把我趕出這個家吧，傑佛瑞——我是個寄生蟲，我一無是處……」

傑佛瑞環抱住她。

「親愛的，我會吃你的餅乾。」

「不論如何，至少看起來挺漂亮。」蘿克珊強調。

「呃……裝飾效果不錯。」哈利提議。

傑佛瑞欣喜若狂地接受了這個說法。

「說得好！裝飾效果不錯，這些餅乾是傑作！我們要好好利用。」

他衝進廚房，然後拿著鐵鎚和一把釘子回到圖書室。

「蘿克珊，老天，我們得好好利用這些餅乾。就拿它們來作壁飾吧。」

「不要！」蘿克珊哀號。「我們美麗的房子啊。」

「別擔心。我們十月還要重貼圖書室的壁紙呢，記得嗎？」

「是沒錯——」

砰！第一塊餅乾被釘上了牆，如活物般在牆上顫動了一會兒。

砰！……

當蘿克珊為他們端來第二輪雞尾酒，餅乾已經全部被釘在牆上，總共十二塊，排成垂直的一行，就像一批原始時代的矛頭收藏品。

「蘿克珊！」傑佛瑞高聲說：「你根本是個藝術家！廚師？——別說傻話了！你一定要幫我的書畫插圖！」

晚餐席間，暮光蹣跚踱入幽幽黃昏，而後天色暗下，星綴夜空。一身白洋裝的蘿克珊穿巡著這夜色，一片漆黑的屋外，蕩漾著她華麗飄渺的倩影和輕柔震顫的笑語。

——她還真是個青春少女，哈利心想。不像凱蒂那麼顯老。

他對照兩個女人。凱蒂——神經兮兮卻不敏感、喜怒無常卻缺乏個性，似乎是個來去匆匆、從無喜色的女人——而蘿克珊就宛如春天夜晚一般充滿年輕的氣息，她那獨特的少女稚嫩笑聲就道盡了一切。

——跟傑佛瑞真是絕配，他再度暗忖。兩個青春洋溢的人，就是那種常保青春，直到有天才恍然發現自己已經衰老的人。

哈利不斷想著凱蒂，而這些想法則不時浮現在他的腦海。凱蒂讓他感到沮喪。他覺得她應該已經恢復得差不多，可以帶著兒子回到芝加哥了。當他在樓梯口向這對夫妻道晚安時，也依稀想到了凱蒂。

「你是我們家第一個留宿的客人。」蘿克珊對著他的背影喊著。「是不是很感動、很驕傲？」

等他的身影消失在樓梯轉角處，她轉向站在身旁，將手擱在樓梯扶手尾端的傑佛瑞。

「你累了嗎，我最親愛的？」

傑佛瑞用手指揉了揉自己額頭中央。

「有點。你怎麼知道？」

「噢，你的事我怎麼會不知道？」

「頭有點痛。」他悶悶不樂地說。「痛得挺厲害的。我去吃點阿斯匹靈。」

她伸手啪地一聲把燈關了，然後他緊緊環住她的腰，兩人一同上樓。

2

哈利前來作客的一週結束了。他們或在夢境般的鄉間小路兜風，或愉快而傻氣地賴在湖邊或草地上，無所事事。到了晚上，他們就坐在屋內欣賞蘿克珊的表演，任憑雪茄燒灼的尾端逐漸化為白色灰燼。接著凱蒂派來一封電報，希望哈利到東岸接她。於是蘿克珊和傑佛瑞又回到兩人時光，回到他們似乎永不生厭的幽居生活。

「兩人時光」再次令他們內心一陣怦然。他們散漫地在屋內遊走，親暱地感知著彼此的存在。他們並肩坐在餐桌同側，宛如蜜月中的新婚夫婦。他們強烈地為對方吸引，感到無比幸福。

馬羅鎮雖然相較之下是個老社區，可是直到近期才發展出所謂的「社交圈」。五、六年前有兩、三對年輕的夫婦，他們是所謂的「平房族」，因恐於芝加哥煙灰色的高聳建物而搬到了這裡；他們的朋友尾隨而至。柯坦夫婦發覺一組「套餐」已然上桌，隨時盼著他們的到來：鄉村俱樂部、舞廳和高爾夫球場為他們敞開大門，橋牌聚會、撲克牌聚會、可暢飲啤酒的聚會及嚴禁飲酒的聚會，也都在靜候他們的光臨。

哈利離開一星期後，他們參加了一場撲克牌聚會。會場擺上兩張牌桌，許多年輕太太邊抽著菸邊高聲下注，盡顯男子豪氣，在那個年代表現得大膽放肆。

蘿克珊早早下了牌桌，四處閒逛。她晃進食品間，為自己倒了杯葡萄汁——她喝啤酒會犯頭疼——然後從這桌走到那桌，越過玩家們的肩膀看他們手中的牌，並隨時注意傑佛瑞，愉快地享受心靈上的平靜和滿足。此時的傑佛瑞則心無旁騖地拿起一堆疊著各式顏色的籌碼下注。看著他兩眼間加深的紋路，蘿克珊就知道他的玩興高昂。她喜歡看他熱中於某些小事的樣子。

她輕聲穿過人群，坐在他座位的扶手上。

她在那兒坐了五分鐘，聽著男人們斷斷續續發表各種尖刻的批評，和女人們沒完沒了、天南地北的閒扯。這些人的話語如輕煙從牌桌裊裊升起——但她幾乎什麼也沒聽進去。她單純地伸出手，打算擱在傑佛瑞肩膀上——碰觸到的時候他卻猛然一驚，急促地哼了一聲，並將胳臂粗暴地向後一掃，恰好打在她的手肘側邊。

全場一陣屏息。蘿克珊鎮靜下來之後，掉了幾滴眼淚，再迅速站起身。這是她人生中遇到最大的衝擊。如此悲天憫人、體貼周到的傑佛瑞——竟下意識做出如此粗暴的動作。

那陣屏息化成一片沉寂。在場十幾道目光轉而射向傑佛瑞，而他抬頭望著蘿克珊，彷彿與她初次見面。迷惑不解的表情在他臉上浮現。

「唔……蘿克珊……」說話也吞吞吐吐。

十幾個人的心中迅速竄起一線懷疑，一陣醜聞的風聲。難道這對人前恩愛無比的佳偶，在人後其實相互厭惡？不然為何會出現一條火線，劃破如此晴朗無雲的樂園？

「傑佛瑞！」——蘿克珊語帶祈求——她雖然又驚又怕，卻仍知道這只是個誤會。

她沒有絲毫責怪或怨恨他的念頭，只是言詞顫抖地懇求：「告訴我怎麼了，傑佛瑞，告訴蘿克珊——你的蘿克珊啊。」

「唔，蘿克珊……」傑佛瑞再次開口。他迷茫的表情轉為痛苦。顯然他跟她一樣驚愕。「我不是故意的……」他繼續說。「你嚇到我了。你……我還以為有人要攻擊我。我……怎麼會……唉，真是太蠢了！」

「傑佛瑞！」這聲叫喚同樣有如祈願，是穿過眼下陌生難解的無光黑暗，對至高上帝的焚香祈願。

他們雙雙站起、向眾人道別，結結巴巴、致歉、解釋，並沒有打算隨便敷衍了事，那樣做是種褻瀆。傑佛瑞一直覺得身體不太舒服，他們說。他變得神經過敏。兩人的內心深處都對那一擊懷著無從解釋的恐懼——驚愕於有那麼一瞬間，有什麼東西橫隔在兩人之間——那是他的憤怒和她的畏懼——現在兩人則是感到悲痛，只是暫時的，毫無疑問，他們馬上就會攜手跨過，馬上，再給彼此一點時間吧。然而在他們腳下的，是洶湧湍急的激流嗎——是猛然閃現的未知深淵嗎？

秋夜滿月下，他在車內斷斷續續地說著。這真是……連他自己都無法理解，他說。他當時一心想著撲克牌局——全神貫注——而落至他肩上的輕觸感覺就像某種攻擊。攻擊！他緊咬著這個詞不放，把它當盾牌高舉著。那時的他痛恨被觸碰。隨著他大手一揮，那種感覺就消失了，那種……焦躁不安。他知道的就這麼多。

兩人的眼睛都噙著淚水，而當馬羅鎮的寧靜街道向後飛馳而去，他們在遼闊的夜空下低聲互訴衷情。稍後上床就寢時，他們的內心十分平靜。傑佛瑞打算徹底放自己一個禮拜的假——純粹的遊手好閒，只睡覺、長距離散步，直到這焦慮感消失為止。這個決定終於讓蘿克珊安下心來。腦袋下的枕頭變得柔軟而舒適，從窗口淌進的夜輝也似乎將兩人身下的床映照得寬敞、潔白、堅固。

五天後，在傍晚時分第一波涼意中，傑佛瑞拾起一張橡木椅，往自家的前窗砸去。接著他像個孩子般躺在沙發上，可憐兮兮地哭泣著，但求一死了之。一顆彈珠大小的血塊在他腦中破裂了。

3

當人失眠一、兩天，就不時會做一種白日噩夢，那是一種朝陽初昇時，伴隨著極度疲憊而產生的感覺，是一種生活週遭的一切事物皆已發生質變的感覺。那會讓人徹底相信當時自己所過的生活，不知怎的，不過是在人生的歧路上行走，充其量只是人生的浮光掠影或鏡像——週遭的人群、街道、房舍也只是過去某些暗淡、混亂片段的投射。這正是蘿克珊在傑佛瑞發病的頭幾個月所處的狀態。只有當她半點力氣都不剩了，她才能入睡，然後再從陰鬱的情緒中醒來。冗長嚴肅的診療、走廊上淡淡的藥味，加上曾迴盪過他倆無數快活腳步聲的屋內，如今會突然響起踮腳輕步的聲音；最令她難受的是，他們曾共享的床上枕間，如今躺著臉色蒼白的傑佛瑞——這些事壓垮了她，使她無可挽回地衰老。醫師們仍抱持著希望，但僅此而已。他們說他需要長時間的休養和寧靜。於是責任都落到了蘿克珊身上。她得支付帳單，審視他的銀行存摺，和他的出版商通信聯絡。她不斷進出廚房，向看護學習該如何烹製他的餐點，並在第一個月後負責打理病房內的大小事宜。基於經濟上的考量，她不得不辭退看護。此時，原本幫傭的兩位黑人女士也走了一個。蘿克珊這才意識到，他們的生活是靠一則又一則的短篇小說建立起來的。

最常來探望的是哈利．克羅威爾。收到消息時他既震驚又難過，而儘管妻子現在跟他一起待在芝加哥，他每個月還是會抽空來訪幾次。蘿克珊欣然接受他的憐憫——這個男人有種飽受磨難的內在特質，他那種惹人憐惜的性格是與生俱來的，因此他的陪伴令蘿克珊感到自在。蘿克珊的性格在一夜之間變得深沉。有時待在傑佛瑞身邊會讓她感覺自己彷彿也失去了孩子，失去了那些她現在最迫切需要，也應該早已擁有的孩子。

傑佛瑞倒下六個月之後，她的白日噩夢也漸漸消褪。那些白日噩夢放開了她的舊日過往，卻讓她的新生活變得更灰暗、更冰冷。這天，她見到了哈利的妻子。在芝加哥時她發現離火車啟程尚有一個小時，出於禮貌，便決定利用這多出來的空檔前往哈利家拜訪。

一踏進屋內，她立即產生一種感覺，覺得這間公寓與她之前見過的某個地方十分相似——幾乎在眨眼之間，她就想起年幼時住家附近的麵包店，擺滿一排排粉色糖霜蛋糕的麵包店——粉得叫人喘不過氣，粉得像食物，粉得得意忘形、庸俗無文、引人作嘔。

這間公寓就像那家麵包店。一片粉紅，連聞起來都是粉紅色！

克羅威爾太太穿著粉色與黑色相間的晨衣來開門。她的髮色金黃，蘿克珊猜想她應該是在每週的潤髮水裡加了點漂白劑，髮色才會這麼亮。她的雙眸是淺淺的蠟藍色——她很漂亮，且太過刻意地優雅。她嚷著刺耳的聲音親密地展現她的熱忱，原本的敵意在頃刻間化為殷勤的接待，以致於不管是熱忱或殷勤都顯得只是臉部表情與聲音語氣的表面工夫——跟埋藏深處的自我核心絲毫沒有任何聯繫。

但對蘿克珊來說，這些倒是其次。她的目光完全被那件晨衣的詭異魅力所擄獲。它髒得不像話。從下擺往上四吋全沾染了地板青灰的汙跡，再往上三吋則都是灰色的——接著再上去的部分漸漸恢復為晨衣原本的顏色——粉紅色。袖子跟領口也同樣骯髒不堪——就連這個女人轉身領蘿克珊進客廳時，蘿克珊也確信她的脖子是髒的。

一場單方滔滔不絕的對話就此展開。克羅威爾太太鉅細靡遺地說著自己的喜好與厭惡、她的頭、她的肚子、她的牙齒、她的公寓——還帶著某種自以為是的謹慎，極力避免跟蘿克珊談起生活，彷彿擅自假定蘿克珊在遭遇如此打擊之後，會希望能小心迴避一切關於生活的話題。

蘿克珊微笑著。那件和服啊！還有那脖子啊！

五分鐘後，有個剛學步的小男孩搖搖晃晃走進客廳——髒兮兮的小孩穿著髒兮兮的粉紅色連身褲。他滿臉汙垢——蘿克珊真想把他抱到腿上，將他的鼻子抹乾淨。他整顆頭附近還有好多地方需要費心清理，腳上的小鞋也開口笑了。真讓人啞口無言！

「多麼可愛的小男孩呀！」蘿克珊邊驚呼邊燦爛地微笑。「過來我這邊。」

克羅威爾太太冷冷瞧著她兒子。

「他會把你弄髒的。瞧那張臉！」她偏著頭，以苛刻的眼光注視著他。

「他真可愛，不是嗎？」蘿克珊再一次說道。

「你看他那件連身褲。」克羅威爾太太皺眉。

「他需要換件衣服，對不對呀，喬治？」

喬治好奇地盯著她看。就他所知，「連身褲」這字眼間接表示「被弄得髒兮兮的衣服」，就像他身上這件。

「早上我還想讓他看起來體面一點……」克羅威爾太太有如一個耐心已被消磨殆盡的人抱怨著。「卻發現他沒有別件連身褲可穿了——所以說啊，與其讓他光著身體到處跑，我倒寧願讓他穿那些舊的——還有他那張臉……」

「他有幾套連身褲？」蘿克珊口氣好奇但溫和。「你又有幾把羽毛扇？」這話差點脫口而出。

「呃……」克羅威爾太太皺起形狀姣好的眉毛想著。「五件吧，我想。反正夠穿。」

「有那種一套五十分錢的，你可以去買。」

克羅威爾太太眼露驚詫——以及些許的傲慢。跟我說連身褲的價錢！

「真買得到？我完全不曉得。他的應該夠穿了，只是我這一整個禮拜都沒時間送洗。」然後一副事不關己地撇開了話題：「有些東西你一定得瞧瞧……」

她們起身，蘿克珊跟著她經過一間沒關上門的浴室；浴室地板上凌亂地堆了一落衣物，顯示她確實有段時間沒跑洗衣店了。然後進入另一個房間，那房間可謂集粉紅色之大成。那是克羅威爾太太的房間。

女主人打開半邊衣櫥，將她驚人的內衣褲收藏展示給蘿克珊看。成打的蕾絲和綢緞質料的驚人薄物攤在她眼前，全都乾乾淨淨，沒有一點皺褶，似乎連碰都沒被碰過。一旁的衣架上還吊著三件嶄新的晚禮服。

「我有漂亮的衣服。」克羅威爾太太說。「但沒什麼機會穿。哈利不怎麼喜歡出去玩。」她的聲音隱隱透露著怨尤。「只要我整天在家扮演褓姆和家庭主婦，晚上再當個深情的老婆，他就心滿意足了。」

蘿克珊再次露出笑容。

「你有好多漂亮的衣服呢。」

「是啊。你看這個……」

「真漂亮。」蘿克珊又稱讚了一次，並且打斷了她。「但我得先走了，不然會趕不上火車。」

她感覺自己的手在發抖。她想將手放在這個女人身上，使勁搖晃她——搖醒她。她真想把她關在什麼地方，叫她拼命刷地板。

「你的衣服真漂亮。」她又重複了一次。「我只是順道來拜訪一下。」

「好吧。可惜哈利不在家。」

她們朝門口走去。

「喔，對了——」蘿克珊費了一番力氣才將這話說出口，不過她的聲音依然輕柔，臉上仍保持著微笑。「我想在那間阿吉爾可以買到你要的連身褲。再見。」

直到蘿克珊抵達車站，買了回馬羅鎮的車票，她才發現這六個月以來，自己頭一次有五分鐘的時間沒惦記著傑佛瑞。

4

一星期後哈利出現在馬羅鎮。五點鐘，未事先告知的他抵達人家家門口，還逕自穿過草坪上的步道，一屁股坐在門廊的椅子上，神態疲憊。蘿克珊自己也忙了一整天，同樣疲憊不堪。醫師們五點半時會帶一位紐約知名的神經醫學專家前來探視。她既感興奮又極其消沉，但一看見哈利的眼神，她仍在他身邊坐了下來。

「怎麼了？」

「沒事，蘿克珊。」他否認。「我來看看傑夫。你別為我操心。」

「哈利——」蘿克珊語氣堅決。「肯定發生了什麼事。」

「真的沒事。」他重複道。「傑夫怎麼樣？」

她的臉因為憂慮而沉了下來。

「情況有點惡化，哈利。朱維特醫師正從紐約過來。他們認為他可以給我個明確的結論。他會檢查看看傑佛瑞的癱瘓跟原本那個血塊有沒有關聯。」

哈利起身。

「喔，真是抱歉。」他結結巴巴地說。「我不曉得你今天有會診，不然我就不會過來了。本來只是打算在你家門廊舒服地坐上一個小時……」

「坐下。」她命令。

哈利猶豫不決。

「坐下吧，哈利，好孩子。」她的善意傾湧而出，將他團團包圍。「我知道你有事，你的臉就像床單一樣蒼白呀。我去幫你拿罐冰啤酒來。」

他倏地癱倒在椅子上，雙手掩面。

「我無法讓她快樂。」他緩緩地說。「我一直在努力，試了又試。今天早上我們為早餐吵了兩句——我後來去城裡吃了早餐——接著……唉，我一出門上班，她就帶著喬治和滿滿的一箱蕾絲內衣褲離家出走，回東岸娘家去了。」

「哈利！」

「我不知道到底……」

碎石路上傳來輪胎輾過的嘎軋聲，一輛車轉進了車道。蘿克珊發出一聲輕呼。

「是朱維特醫師。」

「唔，那我就……」

「就在這裡等，對吧？」她心不在焉地打斷他。他看出自己的問題已從她內心焦慮不安的表層消失了。

在含糊簡略的相互介紹間，尷尬的一分鐘過去了，然後哈利跟著一行人走進屋內，目送他們上樓、轉進樓梯口。他走入圖書室，坐在大沙發上。

接下來的一個小時，他看著陽光在印花窗簾布的花樣褶痕上緩緩攀爬。深沉的寂靜中，一隻受困的黃蜂在窗格內嗡嗡作響，帶來些許喧囂。樓上不時傳出另一種嗡嗡聲，那聲響飄進他耳裡，聽來就像還有幾隻更大的黃蜂被困在更大的窗格內。他聽見低沉的腳步聲、瓶子碰杯的叮噹聲、倒水的嘩啦聲。

他跟蘿克珊究竟做了什麼，得承受這些生命的重擊？樓上，有人正在對他朋友活生生的靈魂進行驗屍，而樓下的他坐著，坐在安靜的房間裡傾聽黃蜂的悲嘆，正如他年幼時曾被管教嚴厲的阿姨罰坐在椅子上，為他的不乖懺悔一小時。而現在又是誰要他坐在這裡？哪個凶惡的阿姨從天上探出身來，強迫他要懺悔——懺悔什麼？

他對凱蒂已經心灰意冷了。她太奢侈——這是無藥可救的問題。轉眼間，他恨起她來。他想將她摔到地上，用力踹她——喊她騙子、吸血蟲——直言她骯髒不堪。然後，他非要她把孩子還回來不可。

他起身，開始在房內來回踱步。此時，他聽見樓上有人和他在同一時間踏下步伐，沿走廊走著。他很想知道在那人抵達走廊盡頭之前，他和對方的腳步聲會不會就這麼重疊下去。

凱蒂投靠她母親去了。老天保佑，好個值得投靠的母親！他試想這對母女見面的情景：飽受折磨的妻子倒在母親的懷裡。他無法想像。他根本不相信那個凱蒂有能力感受任何深沉的憂傷。他漸漸覺得她是個冷酷無情、無法親近的女人。她會要求離婚，這點無庸置疑，而且最終一定會再婚。他開始思考這個。她會嫁給誰？他苦笑，僵住，一個畫面閃過眼前：凱蒂的胳臂環繞著某個看不見長相的男人，凱蒂的唇瓣迎向那個男人的嘴，姿態中明顯充滿了熱情。

「天啊！」他大吼大叫。「天啊！天啊！天啊！」

接著，這些畫面頻頻在他腦中演示。今早的凱蒂漸漸模糊，她那件髒汙和服自動由下擺往上捲起，然後消失不見。關於她噘嘴、發怒、哭泣的記憶也全都一掃而空。她恢復成昔日的凱蒂・卡爾——有著一頭黃髮和藍色大眼的凱蒂・卡爾。啊，她愛過他，她曾經愛過他。

過了一會兒，他發覺自己有點不大對勁，不過那感覺與凱蒂、傑夫都無關，是屬於不同類別的問題。最後他終於恍然大悟：他餓了。就這麼簡單！他等等要進廚房跟黑人廚師要份三明治。吃完之後，他就得趕回城裡去了。

他駐足牆邊，玩弄著什麼圓形的東西，還心不在焉地用手指摳撥，再放進嘴裡嚐嚐味道，就像嬰兒品嚐著鮮艷的玩具。他一口咬下——哎呀！

她留下了那件該死的和服，那件髒兮兮的粉紅色和服。她好歹把那一起帶走啊，他想。那件和服將像他們病態婚姻殘存下的屍體，吊掛在屋裡。他會試著把它給扔了，但他恐怕永遠也無法下定決心去碰它。它會像凱蒂一樣，柔軟多姿，同時又不為所動。你無法動搖凱蒂，你無法觸及凱蒂。其中根本沒有東西可以觸及，他清楚得很——他一直以來都很清楚。

他伸手往牆上去取另一片餅乾，費了番工夫才將它連釘子一同拔下來。他一邊小心地從餅乾中間把釘子拿掉，一邊徒然地想他是不是把釘子和著第一片餅乾吃下肚了。太可笑了！要真是如此他肯定記得——那可是根大釘子。他感覺到胃的蠕動。他肯定是餓壞了。他想著——記起——自己昨天沒吃晚餐。昨天女幫傭放假，凱蒂則躺在房間床上咬著巧克力球。她說覺得自己「喘不過氣」，也無法忍受他靠近。他幫喬治洗了澡、哄他入睡，然後躺在長沙發上，打算在為自己弄晚餐前先休息個一分鐘。結果他睡著了，醒來時已差不多十一點，還發現冰箱裡什麼都沒有，只有一匙馬鈴薯沙拉。他就吃這些馬鈴薯沙拉，還配了一些在凱蒂梳妝台上找到的巧克力球。今早上班前他先在城裡草草吃了早餐，可是到了中午，他便開始擔心凱蒂，於是決定回家帶她出門共進午餐。後來就看見他枕頭上有張紙條，衣櫥裡成堆的內衣褲也消失無蹤——她留了指示要他幫忙寄送行李。

他從沒有這麼餓過，他想。

五點時，隨診護士躡手躡腳地走下樓，而他正坐在沙發上盯著地毯瞧。

「克羅威爾先生嗎？」

「怎麼了?」

「哦,柯坦太太無法跟您共進晚餐。她有點不適。她要我傳話,說廚師會幫您準備吃的,還有一間空臥房可以留宿。」

「她不舒服?」

「她回房間躺躺。會診剛結束。」

「他們……他們有什麼結論嗎?」

「有。」護士輕聲說。「朱維特醫師說沒指望了。柯坦先生或許能一直活下去,但他再也看不見、動不了,也無法思考了。他只會呼吸。」

「只會呼吸?」

「是的。」

護士乍然發現,她記憶中曾在書桌旁看到一行十二個奇特的圓形物體,原本還朦朧地想像是某種具有異國情調的裝飾,現在卻只剩下一個了。其他的到哪裡去了?眼前徒留一排小小的釘孔。

哈利茫然地追隨著她的目光，接著站起身。

「我想我就不留了，應該還有火車。」

她點點頭。哈利拾起帽子。

「再會。」她和氣地說。

「再會。」他的回答有如自言自語。他走向房門，又停下腳步，顯然是受到某種無意識的需求驅使，他從牆上拔走那最後的圓形物體，再將它扔進口袋。這些，護士全都看在眼裡。

然後他推開紗門，走下門廊台階，消失於護士的視線之外。

5

一段時間之後，傑佛瑞·柯坦家外牆那層潔白油漆歷經多次七月烈陽的烤曬，終於也甘拜下風，老老實實轉成了灰色，一片一片地剝落——大片易碎的經年漆皮像老年人做著姿勢怪異的體操般向後彎折，最終掉在下方雜蕪的草坪，腐朽死去。前門廊柱上的油漆也起了斑斑汙痕，左側門柱上的白色球體被打掉了；綠色百葉窗的顏色先是轉沉、變暗，接著脫去它所有的色彩。

這間寓所開始成為那些人云亦云之人紛紛走避的屋宅——某個教會買下它斜對角一塊地做為墓園，再加上「柯坦太太與活死人一起住的房子」，已足以讓那條街區籠罩著鬼氣森森的氛圍。也不是說柯坦太太被隔絕遺棄了。不少男男女女會來探望她，在城裡碰到她出外採買，也會讓她坐上他們的車送她回家——然後進屋稍坐一會兒、閒聊一會兒，沉醉在她依舊散發迷人魅力的微笑中。但在街上，不認識她的男人已不再用傾慕的眼神尾隨她了。她的美麗已蒙上一層半透明的面紗，摧毀了那份明豔生氣，卻沒有多添上皺紋或脂肪。

她在村裡頗有聲譽——有不少關於她的小故事，例如她如何在某個冰封全境、運貨馬車或汽車皆無法通行的嚴冬裡自學溜冰，以便前往雜貨店跟藥房購物時能快去快回，不會留傑佛瑞單獨一人太久。自她丈夫癱瘓後，據說每晚她都握著他的手，睡在他床邊的一張小床上。

在別人口中，傑佛瑞・柯坦已與死人無異。時間一年一年地過，那些認識他的人不是凋零就是搬離——只剩下六個曾與他共飲雞尾酒、會直呼對方妻子名諱的老鎮民。他們認為傑夫大概是馬羅鎮有史以來最機智也最有才華的傢伙。然而，對偶爾來訪的人來說，他只是柯坦太太暫時離席、匆忙上樓的原因；是劃破週日午後沉重的空氣、刺進寂靜客廳的一聲呻吟或淒厲叫喊。

他動彈不得，目不能見，口不能言，毫無知覺。他整天躺在床上，只有每日早晨她要整理房間時，才會被移到輪椅上。他的癱瘓正一步一步往他的心臟蔓延。起初——他癱瘓的第一年——蘿克珊握住他的手時，偶爾會感覺到非常隱微的回握反應——直到某個晚上，那反應消失了，戛然而止，再不復現。蘿克珊整整兩晚雙眼圓睜地躺著，直視黑暗深處，思索著究竟是什麼東西不見了，他靈魂的哪一塊碎片已遁至遠方，那些崩潰斷裂的神經傳送到腦部的最後一絲意識又是什麼。

在那之後，希望破滅。若非她不眠不休的照顧，最後一線火光早就熄滅了。每天早上她幫他刮鬍沐浴，親手將他從床上移至輪椅，再搬回床上。她幾乎無時無刻不在他房裡，餵藥、整理枕頭、跟他說話。那就像對著近似人形的狗說話，你不會指望對方有所回應或瞭解，你只是悲觀地依循習慣，只是一個失去信仰的祈禱者。

不少人——包括一位知名的神經醫學專家——都直截了當地告訴她，如此悉心照料只是白費力氣，說就算傑佛瑞有意識，他也會希望一死了之，還說倘若他的靈魂正盤旋在某個更廣闊的天空，也不會同意她做出這麼多犧牲，他只求從這肉身的牢籠中脫困，徹底解放。

「但是呢——」她輕輕搖了搖頭，回答道。「我既然嫁了傑佛瑞，那就是……直到我不再愛他為止。」

「可是——」就有人這麼反駁。「你不可能去愛那樣的他。」

「我可以愛他種種的曾經。不然我還能怎麼辦？」

醫學專家聳了聳肩，就此離去，並對外說柯坦太太是個了不起的女性，天使般甜美的女性，只是——他補充道——實在是太令人惋惜了。

「一定有某個男人，甚至一打男人，願意不惜一切地呵護著她……」

時不時，的確有。處處有人會開始心存希望——最終卻都化為敬意。女人的內心已經沒有愛，但說來奇怪，她愛生命，也愛世人，不管那是從她手上接過連她自己都吃不起之食物的流浪漢，還是從砧板上挑了塊廉價牛排賣她的肉販子。另一層面的愛則被密封在那個面無表情的木乃伊體內。這木乃伊始終機械式地面朝光源躺著，就像羅盤上的指針，並無言地等待最後一波浪襲上他的心。

十一年後，他在五月的某個夜半死去。當時紫丁香的芬芳縈繞著窗台，一陣微風將屋外的蛙叫蟬鳴吹進了屋內。蘿克珊在凌晨兩點鐘醒來，猛然一驚，意識到這屋裡終於徒留她孤身一人了。

6

之後，她會坐在自家飽經風霜的門廊上，眺望著緩緩下傾的起伏原野，再看著它綿延至白綠相間的城鎮，並以此度過許多個下午。她思索著自己接下來的人生。她三十六歲——標緻、健壯，而且自由。這些年來的開銷已經耗盡傑佛瑞的保險金，她不得已捨棄了屋舍兩旁的土地，甚至還曾拿房子抵押，貸了一筆小錢。

伴隨丈夫去世而來的是她生理上強烈的不安。她懷念一早就得開始照料他的時光，懷念匆匆往返市區的日子，也懷念在肉鋪和雜貨店裡簡短因而扼要的寒暄。她懷念煮兩人份的菜、為他調製口味清淡的流質食物。有一天，她全身盈滿了精力，便跑到屋外將整座院子翻整了一遍。她有好多年沒整理院子了。

夜間，她則獨自待在房裡，這房間見證了她婚姻的美滿以及隨後的痛苦。為了再一次跟傑夫相會，她神遊至那美好的年月，回味他倆濃烈、熱情的兩情相悅與相伴時光，而不去期盼難以預料的來世重逢。她睡醒後經常還躺著不起床，希望身旁的人依舊存在——雖然毫無生氣，但至少仍有呼吸——那還是她的傑夫。

他去世六個月後的某個下午，她坐在門廊上，身上那襲黑色連身裙將她的身材襯得全無豐腴跡象。時值小春——一片金褐色圍繞著她，樹葉的颯然輕嘆打破了寂靜，午後四點的太陽對著西邊火紅的天空灑下一道道紅黃色的斑紋。附近鳥兒大多飛走了——獨留在柱子簷口築巢的一隻麻雀，斷斷續續發出吱啾叫聲，還不時隨著飛過頭上的振翅聲而轉調。蘿克珊將椅子移到能夠觀察牠的地方，在午後的懷抱裡懶洋洋地放空思緒。

哈利．克羅威爾要從芝加哥過來共進晚餐。他八年前離婚後便經常來訪。他們已發展出一種默契，兩人也始終維持這套模式：他抵達後的第一件事，就是和蘿克珊一起去看傑夫。他會坐在床沿，聲音充滿真摯地問：

「嗨，傑夫老哥，今天感覺怎麼樣啊？」

站在一旁的蘿克珊會目不轉睛地看著傑夫，幻想有那麼一瞬間，那破碎的心智能依稀認出這位昔日好友——但那顆蒼白有如雕像的頭依舊只按他唯一的動作緩慢地面向著光源，彷彿在那雙失明的眼睛後面，有什麼正摸索著另一道早已熄滅的光。

這樣的探訪持續了八年——復活節、聖誕節、感恩節，以及許多個星期日，哈利都會過來一趟，先是問候傑夫，然後和蘿克珊在門廊聊上許久。他深愛著她。他不會假意隱藏對她的情感，但也不打算讓兩人的關係更進一步。她是他最好的朋友，一如床上那塊血肉之軀也曾是他最好的朋友。她是平靜、是安寧，她是過去。他自身的悲劇獨有她一人知道。

他參加了葬禮。而葬禮之後，他被公司調派至東岸，後來拜出差所賜，他才有機會來到芝加哥的鄰近地區。蘿克珊曾去信邀請，就等他方便——在城裡待了一晚之後，他便搭上火車出城。

他們握了握手，他幫她將兩張搖椅併攏。

「喬治好嗎？」

「他很好，蘿克珊。似乎挺喜歡學校的。」

「當然也只能這麼做了，送他去住校。」

「當然……」

「你很想念他吧，哈利？」

「是啊……我很想他。他是個有趣的孩子……」

他滔滔不絕談著喬治的事。蘿克珊很感興趣。下次放假時，哈利務必要帶他過來一趟。她這輩子只見過他那麼一次——穿著髒兮兮連身褲的小毛頭。

她讓他看報紙，自己去準備晚餐——今晚菜色是四塊肋排和一些她種在院子裡的新鮮蔬菜。菜全上桌後她再喊他吃飯。他們同桌用餐，並繼續聊著喬治的事。

「要是我有孩子的話……」她會說。

飯後兩人到外頭散步。走出院子時，哈利正竭盡所能為她提供投資上的小小建議，也和蘿克珊四處駐足，認出這裡原本放了張水泥長凳、那裡曾經是網球場……

「還記得嗎——」

接著他們遙想舊事，沉浸在回憶的洪流之中：他們拍一堆快照的那天，傑夫還騎到小牛身上；還有哈利為傑夫和蘿克珊畫的素描，畫中兩人四肢大張地躺在草地上，頭幾乎要碰在一塊兒。原本為了讓傑夫在雨天也能工作，而打算在房子與車庫工作室之間搭建的加蓋棚架——工程早已開始，但如今現場只剩一塊破損的三角板仍依附在房子上，看上去就像座破舊的雞舍。

「還有那些冰涼的薄荷雞尾酒！」

「還有傑夫的筆記本！記得嗎，哈利，我們會從他口袋拿出那本筆記本，大聲唸出其中一頁內容，然後笑得多開心呀。還記得他都要抓狂了吧？」

「他氣瘋了！只要事關他的創作，他向來都是這麼孩子氣。」

他們沉默了一會兒，然後哈利說：

「我們本來也要在這裡買塊地的，記得嗎？我們本打算買下一塊相鄰的二十畝地。多少派對等著我們辦呀！」

又是一陣沉默，不過這次換蘿克珊先開口。她悄聲提問：

「你有她的消息嗎，哈利？」

「哦……有啊。」他平靜地承認。「她在西雅圖。再婚了，嫁給一個姓霍頓的男人，對方可是木材大王。年紀應該比她大上很多吧，我想。」

「她有安分點嗎？」

「有吧……至少我是這麼聽說的。好歹她什麼都有啦。除了在晚餐時為那傢伙打扮一番，沒什麼要做的。」

「噢，懂了。」

他輕鬆地轉移了話題。

「你會繼續住在這房子裡嗎？」

「我想是吧。」她點點頭說。「都住這麼久了，哈利，要搬似乎很難。我想過當專業看護，但那當然就表示得離開這裡。我想，我就當個民宿女主人吧。」

「住在民宿裡？」

「不是，是經營一間民宿。我當民宿老闆娘有這麼值得大驚小怪嗎？總之，我會僱個黑人女幫傭，夏天再請上八位幫手，如果我冬天找得到人的話，僱兩、三個就可以了。當然我得先把房子重新粉刷過，內部也需要整修一番。」

哈利想了想。

「嗯，蘿克珊……你自己能做什麼，當然是你自己最清楚，但這確實叫人吃驚呀，蘿克珊。你可是來這裡當新娘子的。」

「或許吧。」她說。「所以我才不介意以民宿老闆娘的身分繼續待在這兒啊。」

「我可還記得某一批餅乾哦。」

「哈，那些餅乾啊。」她喊道。「可是呢，我聽說你狼吞虎嚥地把那些餅乾都吃掉啦，可見也沒多難吃嘛。我那天情緒低到谷底了，但是當護士告訴我餅乾的事，不知為何我就笑了出來。」

「我有看到那十二個釘孔還在圖書室的牆上，就在傑夫原本打釘的地方。」

「沒錯。」

此時夜色正濃，還吹起一股微涼之氣，有陣勁風掃落僅存的一株樹葉。蘿克珊微微打顫。

「該進屋去了。」

他看了看錶。

「時候不早了，我得走了。明天要去東岸。」

「非走不可？」

他們又在門廊下逗留了一會兒，望著好似盛滿白雪的月亮從遠方湖泊所在之處冉冉浮現。夏日已遠，時值小春。草地冰涼，無霧也無露。他離去後，她會進屋燃燈闔窗，而他會沿著小徑走回鎮上。對這兩人來說，人生匆匆來了又走，留下的不是苦澀，而是遺憾，那並非理想的幻滅，那僅是未竟的痛楚。他們握手告別時，灑下的月光已足以讓兩人清楚看見彼此眼中積存的善意了。

最後的吻
Last Kiss

1

志得意滿是種美好而純粹的感覺。志得意滿的人相信一切都無可挑剔，光線灑在窈窕淑女和英勇男子身上，鋼琴流瀉出完美的樂音，跟著應和歌詠的年輕雙唇唱出愉悅的心聲。好比眼前這些美麗的臉龐，肯定全都洋溢著幸福。

然後，在一支燈影朦朧的倫巴舞之間，一張不太快樂的臉龐閃過吉姆桌前。等吉姆回過神來，那面容雖已消失不見，卻仍在他視網膜上殘留了幾秒。那張臉屬於一個跟他差不多一般高的女孩，有對黯淡的棕色眼睛，和如同中國茶杯般細緻的臉頰。

「又來了。」女主人說道，並隨著他的視線望去。她嘆了口氣。「這種事總發生在一瞬之間，虧我還努力了這麼多年。」

吉姆想這樣回答：

——可是你也擁有過你的流金歲月了——你嫁過三個男人。而我呢？都三十五了，還試圖在每個女人身上尋找童年失落的愛，還是只從所有女孩身上發現她們的相似之處，而非相異的特點。

燈光再度暗下，吉姆閒散地穿過桌間朝門廊走去。不時有朋友向他打招呼——人數比平時更多，這自是當然，因為他簽下製片合約的消息已刊載在當天早上的《好萊塢記者報》了。但吉姆沒把這事放在心上，他習慣了。這是場慈善舞會，即將登場表演的男人守在吧檯邊；他要模仿壁紙以及背著三明治式廣告看板的鮑勃·伯德利。那看板上寫著：

今晚十點
好萊塢露天劇場
桑雅·漢妮*
將在熱湯上
溜冰

* Sonja Heine，為挪威知名溜冰選手兼電影明星。她拿過三面奧運金牌，退休後轉入好萊塢發展。

吉姆瞧見他明日將要取而代之的那位製片就在一旁，不疑有他地跟一手摧毀他的經紀人喝酒。經紀人身旁是那位踏著倫巴舞而去，面帶憂傷的女孩。

「哦，吉姆啊——」經紀人說：「這位是潘美拉．奈頓——你的明日之星。」

她帶著稱職的熱忱轉身面對他。在她耳裡，經紀人的話聽起來就像是：「給我打起精神！這位可是大人物。」

「潘美拉是我旗下的人。」經紀人說。「我想叫她改名為小噗。」

「你不是說小嘟嗎？」女孩笑著說。

「小嘟、小噗都好，都是嗚嗚韻。小可愛亂按喇叭嘟嘟，法官斥責呼呼，什麼罪都定不了。潘美拉是英國人，本名是西碧兒．希金斯。」

吉姆感覺那位被撤職的製片以某種深邃、無盡的眼神直盯著他瞧——那眼神中沒有怨恨，沒有妒忌，只有深刻、難解、驚愕的詰問：「為什麼？為什麼？天吶，究竟為什麼？」這比敵意更叫吉姆怔忡不安，於是他出乎自己意料地開口向那位英國女孩邀舞。

他們在舞池中四目相接時，他感到一股翻騰的雀躍之情。

「好萊塢是個好地方。」他說，彷彿想搶在她做出任何評論前先發制人。「你會喜歡的。大多數的英國女孩都喜歡——她們不會懷抱過度的期待。我曾有幸跟幾位英國女孩共事過。」

「你是導演嗎？」

「我什麼都幹過——最早是從宣傳起家的。我剛簽下製片合約，明日開始生效。」

「我喜歡這裡。」她過了一分鐘之後說：「期待是難免的。但假若我的期待都落空了，我隨時可以回學校教書。」

吉姆略略向後一仰——只覺眼前的她有如一片帶粉色的銀白冰霜。她的形象可和女教師差遠了，即便是西部片中的女教師也不像。他不禁笑了起來。但他又見到她嘴唇和雙眼形成的三角地帶間，再度浮現某種憂傷及些許失落。

「你今晚跟誰一起來？」他問。

「喬·貝克。」她回答了經紀人的名字。「還有其他三個女孩。」

「是這樣的——我得離開半小時。得去見一個人——不是唬弄你的，相信我。你願意一道來嗎，陪陪我，也透透氣？」

她點點頭。

兩人出去時與女主人擦肩而過，她莫測高深地看了那女孩一眼，對吉姆微微搖了搖頭。乘著加州夜晚清朗的氣息，讓他對自己這輛又新又寬敞的車終於有了好感，比獨自一人駕駛時更有好感。在這等時分，他們行駛的街道已是萬籟俱寂，豪華轎車在黑暗中靜悄悄地潛行。奈頓小姐在等他開口。

「你在學校教什麼？」他問。

「算數。二加二等於五之類的。」

「教算數與好萊塢，這其中的轉變可不小。」

「說來話長。」

「不可能有多長吧——你大概也才十八歲呀。」

「二十。」她焦急地問：「你覺得這樣太老了嗎？」

「老天，怎麼會！這正是最花漾的年華。我很清楚的——我自己是二十一歲，動脈正要開始硬化的年紀。」

她一臉嚴肅地看著他，暗自估量著他實際的年齡。

「說吧，我想聽。」他說。

她嘆了口氣。

「嗯，很多老男人愛上了我。很老、很老的男人——我是老男人的寵兒。」

「你是指二十二歲的老頭？」

「六、七十歲的老頭。我說的都是真的。於是我成了一個淘金客，為了到紐約來，我從他們身上淘足了本。我走進二一俱樂部的頭一天，喬·貝克就注意到我了。」

「所以你沒上過鏡頭？」他問。

「哦，有的——我今早才試過鏡。」

吉姆莞爾一笑。

「那你撈那些老頭身上的錢，不會覺得過意不去？」他詢問。

「不怎麼會。」她一派就事論事地說。「他們喜歡給我錢。說到底，也不算真的給錢。他們想送我禮物的時候，我就帶他們去找我認識的珠寶商，之後我再把禮物送回珠寶商那兒，換得原價五分之四的現金。」

「哦，你這個小騙子！」

「沒錯。」她平靜地承認。「有人教我這法子。能拿多少我就拿多少。」

「他們不介意——我是說那些老人——你沒戴他們送的禮物？」

「喔，我會戴——就那麼一次。老人家視力不好，不然就是記性不好。不過這就是我沒有任何首飾的原因。」她突然住口。「我知道在這裡首飾可以用租的。」

吉姆再次望著她，然後笑了。

「我想也不必那麼麻煩，加州多得是老頭子。」

他們轉進住宅區。繞過一個街角時，吉姆拾起了通話管。

「在這裡停一下。」他轉身跟潘美拉說：「我有些下流的勾當要幹。」

他看了看錶，下車沿街走向一棟大樓，樓邊立了一塊寫有許多醫師名字的招牌。他走過招牌時放慢了腳步，不一會兒，便有名男子走出樓，尾隨著他。在兩盞路燈隙間的暗處，吉姆走近那位男子，交給他一個信封，簡短扼要地交代了幾句。接著男子朝反方向走，吉姆則折回車內。

「我要幹掉所有的老頭子。」他解釋。「有些事比死還難受。」

「呃，我現在不是單身。」她向他強調：「我訂婚了。」

「哦。」過了一分鐘，他問：「跟英國人？」

「嗯——當然囉。難道你以為——」她閉上嘴，但為時已晚。

「我們就那麼無趣？」他問。

「噢，不是的。」她漫不經心的語氣只是讓事態更顯複雜。而當她微笑，恰有一弧光線射進車內，為她的美貌抹上一層銀白光輝，卻越發引人惱怒。

「現在換你說了。」她說。「跟我說說那神祕的勾當吧。」

「只是錢罷了。」他答得幾乎心不在焉。「那矮個兒希臘醫師不斷跟某個小姐說她的盲腸出了毛病——我們拍片需要那位小姐，所以花錢買通他。這是我最後一次幫別人幹這種骯髒活兒了。」

她皺起眉頭。

「她真的需要切除盲腸？」

他聳聳肩。

「可能不用吧。至少那隻鼠輩不會知道。他是她的姊夫，只想要錢。」

良久之後，潘美拉開口評判。

「英國人就不會幹這種事。」

「有的會。」他不耐地說。「也有不幹這種事的美國人。」

「有教養的英國紳士不會幹這種事。」

「你這豈不是未起步就踏錯腳了？」他提醒著。「如果你真要在這裡工作的話。」

「喔，我還是挺喜歡美國人的——有教養的美國人。」

吉姆從她的眼神看出這話也包括了他，可他非但不覺安慰，反而怒火中燒。

「你是在走鋼索吧。」他說。「老實說，我真的不懂你怎麼敢跟我出來，我帽裡說不定藏了什麼機關呢。」

「你沒戴帽子。」她平靜地說。「況且是喬・貝克叫我跟著你的。你那些機關或許對我有好處。」

他畢竟是製片，而一個能爬到這位置的人是不會隨便發脾氣的——除非別有用心。

「肯定會讓你嚐到好處。」他邊說，邊聽著自己話音中悄然浮現的鬼祟狡詐之氣。

「真的嗎？」她問道。「你覺得我會脫穎而出——或只是茫茫人海裡一個平凡的女孩呢？」

「你已經脫穎而出了。」他以同樣的語氣繼續說道：「舞會上每個人都在看你。」

他在想，這話或許說得不無道理。對某種與眾不同抱著愛慕想像的人，難道會只有他一個？

「你有一種不同的特質。」他接著說。「像你這樣的面孔或許可以為美國電影帶來一種……一種更有教養的情調。」

這是他的利箭——然而令他大為愕然的是，箭竟然偏了。

「哇，你真這麼覺得？」她嚷道。「你願意給我機會嗎？」

「那當然。」他簡直不敢相信他話語中的譏刺竟會失了準頭。「只是呢，可以想見過了今夜之後，競爭會變得非常激烈，所以——」

「噢，我情願替你工作。」她宣稱。「我會跟喬・貝克說——」

「什麼都別跟他說。」他打斷她的話。

「喔，我不會的。你怎麼說我就怎麼做。」

她的雙眼圓睜，神情滿是期盼。忐忑的他此時感覺自己的嘴被塞滿了話語，下意識地就脫口而出。在她那輕柔的英國嗓音之下，竟然同時並存著此等純真，與此等肉食動物的強悍。

「你會一點一滴被消耗殆盡。」他開始說。「重要的是要拿到一個好角色……」他停了一會兒，再次開口：「你的性格這麼剛硬，因此——」

「喔，別說了！」他看見她眼角閃爍著晶瑩的淚光。「就讓我今晚抱著期待入睡吧。明早打電話給我——或當你需要我的時候再打。」

車子在舞廳前的紅色長毯邊停下。群眾們一見潘美拉便蜂擁而上，這幅景象在聚光燈四射的強光下顯得詭異莫名。他們舉起簽名本就定位，卻認不出她是誰，只好在邊繩後嘆氣退下。

進了舞廳，他便陪她踏著舞步，回到貝克的桌子。

「我一個字都不會提。」她低聲耳語，並從晚宴包取出一張卡片，上頭有她用鉛筆寫的旅館名。「有人邀戲的話，我會拒絕他們的。」

「喔，不行。」他隨即說。

「喔，好啦。」她爽朗地朝他一笑。有一瞬間，吉姆第一眼見到她時的感覺再次浮現。至少，她的表情隱約傾瀉著脈脈溫情，可見青春與苦難並存的印記。他提高警戒，迅速擊破了那尚未成形的夢幻泡影。

「再等個一年左右……」他開口，但音樂和她的聲音將他的話語蓋過。

「我會等你電話。你是……你是我遇過最有教養的美國人。」

她轉過身，彷彿是對自己堂而皇之的恭維感到羞慚。吉姆往自己的桌子走去——然後瞧見女主人正隔著他空出的座位與某人說話，遂又彆扭地轉身避開。這場舞會、這個夜晚皆已陷入一片鬧嚷——音樂和人聲互相疊遞，聽來既紊亂又不協調。他掃視全場，只見滿室的忌妒與仇恨——自負好似隆隆鼓聲般大鳴大放。他未能如原本所預期，凌駕於這場鬥爭之上。

他邊朝衣帽間走，邊想著得寫張便箋請服務生轉交女主人：「見你在跳舞，所以我……」卻發現自己差點走到潘美拉·奈頓的桌子，於是重又轉向，選了另一條通往門口的路。

2

一個電影執行製作可以沒有創作之才，但不能缺少交際手腕。眼下，與人交際應對已耗去吉姆·雷納德的全副心神，他無暇兼顧其他閒雜事務了。權力理當能使交際應酬退居幕後，放他無事一身輕，事實上卻加劇了他與所有人的交際聯繫——跟行政人員，跟導演、編劇、演員、分派到他劇組的技術人員，跟各部主管、審查人員，再加上那些

「從東岸來的人」*。因此，要敷衍一個除了電話及請接待櫃台轉交的小紙條外，什麼武器也沒有的孤伶伶英國女孩，完全不成問題。

剛經過片廠，就想到你和那次兜風的情景。陸續有人來邀戲，不過我一直跟喬．貝克拖延。如果我換了住處會再通知你。

那字裡行間仿若形塑出一個充滿青春與希望的城市——在那兩個一戳就破的謊言之間，在那虛張聲勢的語氣之間。堆放在堅不可摧的高牆後面的所有金錢、榮耀，於她有如浮雲。她剛從旁經過——只是經過。

那是舞會後兩個星期的事了。又過了一星期，喬．貝克順道來訪。

「那個英國小女孩，潘美拉．奈頓——還記得嗎？你對她的印象怎麼樣？」

「很不錯。」

＊暗指投資金主。

「不知道為什麼她不希望我找你談。」喬望向窗外。「所以我猜你們那晚處得不太好。」

「很好啊。」

「那女孩訂婚了，你知道吧，跟某個英國男人。」

「她跟我說了。」吉姆惱怒地說。「我可沒對她不規矩，如果你是暗示這個的話。」

「別擔心——這些事我懂。我只是想告訴你一些她的事。」

「沒有其他人對她感興趣？」

「她才來一個月啊。萬丈高樓平地起嘛。我只是要跟你說，她走進二一俱樂部的那天，那些酒客就像……就像蒼蠅一樣飛來。我告訴你——不用一分鐘，她就成了咖啡結社夜總會的熱門話題。」

「那可真不得了。」吉姆冷冷地說。

「是啊，何況當天拉瑪*也在。聽著——小潘無依無靠，依我看，她那身英國打扮，

* Hedy Lamarr，為猶太裔美國女星，十六歲開始演藝生涯，是首位全裸入鏡的演員。

你是絕對不會看第二眼的——還有兔毛哩。但她就像鑽石一樣光芒萬露。」

「是嗎？」

「女強人都是滴著眼淚和著冷湯喝啦。像愛爾莎・麥克斯威爾*她——」

「喬，我今天早上事情很多。」

「你要看一下她的試鏡嗎？」

「試鏡是給梳化看的。」吉姆滿口不耐地說。「成功的試鏡並不代表什麼，糟糕的試鏡也未必真那麼糟。」

「心裡自有主張，是吧。」

「差不多是這樣。播映室裡押錯寶的大有人在。」

「辦公桌後面也不少啊。」喬邊說邊起身。

隔一星期後，他收到第二張字條。

* Elsa Maxwell，為美國作曲人、專欄作家，曾為當時的名門望族主持不少盛大的宴會。

昨天我打電話來，一位秘書說你不在，另一位又說你在開會。別兜圈子，有話就直說吧。我不再年輕了，二十一歲正逼視著我——而你應該早把所有老頭都幹掉了吧。

事到如今，她的面容已顯得朦朧不清。他回想那細緻的臉頰、那憂慮的眼眸，彷彿是出自久遠之前見過的相片。要口授一封信不是難事，就說計畫生變、必須重新選角，再交代種種窒礙難行之處……

他覺得不妥，但總算是了結了一樁事。當天晚上在住處附近的雜貨店吃三明治時，他回顧一個月來的工作，頗感滿意。他渾身充滿八面玲瓏的老練氣度。他的劇組運作流暢。那些隱身不現，暗中掌控他命運的人物們很快就可領教他的長才。

雜貨店裡沒幾個人，而站在雜誌架前的女子正是潘美拉・奈頓。她從一份《倫敦新聞畫刊》後抬頭盯著他瞧，面露驚愕。

想到他桌上那封等候簽發的信，吉姆就希望可以假裝沒看見她。他微微側身，屏住呼吸，豎耳傾聽。但儘管她看見他了，卻按兵不動。他看不慣自己這種好萊塢式的怯懦，於是旋又轉身，推推帽子示意。

「這麼晚還不休息？」他說。

潘美拉立即檢視起他的臉。

「我就住在附近。」她說。「剛搬家——我今天有寫字條給你。」

「我也住這附近。」

她將雜誌放回架上。吉姆老練的手腕消失無蹤，他突然覺得自己上了年紀、疲憊不堪，還問錯了問題。

「一切還順利嗎？」

「喔，很順利。」她說。「我在演一齣劇——真正的舞台劇，在帕薩迪納的新面孔劇院。累積些經驗。」

「哦，這麼做很明智。」

「兩週後開演。我還在想，如果你能來看看就好了。」

他倆一同走出店家，站在霓虹招牌的紅色光輝中。秋日街道的另一頭，報販正喊著當晚足球比賽的結果。

「你往哪個方向？」她問。

——往跟你相反的方向，他心裡這麼想。但當她表明自己的方向後，他也陪著一起走。他有好幾個月沒瞧見日落大道的景緻了，而一聽到帕薩迪納這座城市，他便想起十年前初抵加州時，一些青澀美妙的回憶。

潘美拉在圍繞著中庭的幾棟單層小屋前停下腳步。

「晚安。」她說。「如果幫不上我，也別掛心。喬跟我解釋過目前的景況，戰爭什麼的。我知道你想幫我。」

他嚴肅地點點頭——並唾棄自己。

「你結婚了嗎？」她問。

「還沒。」

「那就給我一個晚安之吻吧。」

在他遲疑之間，她說：「我喜歡睡前的吻。我會睡得更香。」

他羞怯地用胳膊摟住她，彎身貼向她的嘴唇，只是輕輕一碰——努力想著他桌上那封現已無法送出的信——很享受摟著她的感覺。

「看吧，這沒什麼大不了。」她說。「只是表達友好。只是道聲晚安。」

走向街角的途中，吉姆大吼著：「該死，我會下地獄的。」就連上床後，他還花了好一段時間，不斷對自己重複這不祥的預言。

3

潘美拉演出的第三晚，吉姆前往帕薩迪納，買了最後一排座位的票。他走進一個微型觀眾席，除了不安分的引座員和後台間混雜著錘音交談的人之外，他是第一個進場的觀眾。他本考慮悄悄退席，但這時到來的一行五人讓他安了心，其中還包括喬・貝克的首席助理。燈光熄滅、銅鑼敲響，戲對著六位觀眾上演了。

吉姆認真觀看潘美拉的演出，他前方的五人小組則交頭接耳地討論著她剛演完的幾幕戲。她表現得好嗎？他給予肯定。然而隨著電影業吸聚了大半個世界的才華，幾乎已經沒有「天生演員」這種事了。只有可能性——和運氣。他就是運氣。他或許會是這個女孩的運氣——只要他覺得她牽動他內心的那股吸引力可以放諸四海皆準。明星已不再如默片時代那般，藉著惹起某個人物偶發的慾望就可以被創造出來，現在這樣只會產生大批平庸的女孩、無用的試鏡、和些許的機會。當最後一幕的布帷如居家式百葉窗落下，他僅需要簡單穿過一道邊門，便進入了後台。她正在等他。

「我真希望你今晚沒有出現。」她說。「戲已經砸了。但首演那晚座無虛席，我還到處找你呢。」

「你演得很好。」他說得靦腆。

「喔，才怪。你應該來看我的首演。」

「這樣就夠了。」他說。「我可以給你一個小角色。明天能來片廠一趟嗎？」

他觀察她的表情，從她的雙眼、從她的嘴角，忽然閃現強烈的遺憾之情。

「喔——」她說。「喔，我真的非常抱歉。喬帶了一些人來，然後隔天我就和伯尼．

懷斯簽約了。」

「真的嗎？」

「我知道你想簽我，一開始我也不曉得你只是監製一類的人。我以為你握有更大的權力……」她突然打住，急忙向他保證：「喔，我**個人**是比較喜歡你的。你比伯尼．懷斯有教養多了。」

他感到一陣刺痛和不滿。那好吧，他畢竟是有教養的人。

「能送你回好萊塢嗎？」他問。

他們駛過和煦如四月的十月夜晚。跨過一座護牆上纏了鐵絲網的橋時，他朝那指了指，她則點了點頭。

「我知道那是什麼。」她說。「但也太傻了吧！英國人得不到想要的東西時，可不會跑去自殺。」

「我知道，他們會跑來美國。」

她邊笑邊打量著他。哦，她是可以跟他一起做點什麼的。她將手擱在他手上。

「今晚，吻嗎？」過了一會兒他提議。

潘美拉瞥了駕駛一眼，駕駛好似孤伶伶地被隔絕在駕駛座。

「嗯，吻。」她說。

隔天他便飛往東岸，尋找神似潘美拉・奈頓的年輕女演員。他拼命地找，任何流露出迷人憂鬱的眼眸、清亮的英國口音，都讓他有了先入為主的好感。要找到一模一樣的女孩似乎希望渺茫。接著一封電報急急忙忙將他召回了好萊塢，此時他卻發現潘美拉自動送上門來了。

「這是你第二次機會，吉姆。」喬・貝克說。「別再錯失了。」

「那邊是怎麼回事？」

「他們沒有角色給她，全都亂了套啦，所以我們把合約撕了。」

片廠主管麥可・哈里斯進一步調查了此事。一個像伯尼・懷斯這樣精明的電影人怎麼會願意放她走呢？

「伯尼說她不會演戲。」他跟吉姆報告。「更糟糕的是，她還會製造麻煩。我一直想到席蒙娜跟那兩個奧地利女孩。」

「我看過她演戲。」吉姆堅持道。「我這邊也有適合她的角色。我目前還不打算捧她，只想先讓她演個小角色讓你看過。」

一週後，吉姆推開第三攝影棚的襯墊門，急躁不安地走了進去。昏暗中，那些身著戲服的臨時演員轉過頭來望著他，眼睛睜得老大。

「鮑伯・格里芬在哪？」

「跟奈頓小姐在那間小屋裡。」

耀眼的化妝燈光下，他們並肩坐在一張沙發上。從潘美拉臉上抗拒的神情吉姆就知道麻煩大了。

「沒事——」鮑伯熱誠地強調。「我們就像兩隻小貓咪一樣相親相愛，對吧，小潘？」

「你身上有洋蔥味。」潘美拉說。

格里芬再搬出另一種說詞。

「英國人有英國人的行事風格，美國人也有自己的一套風格。我們是在找皆大歡喜的做法——如此而已。」

「有好的做法，也有蠢的做法。」潘美拉好不耐煩地說。「我可不想一開始就表現得像個蠢蛋。」

「讓我們單獨談談好嗎，鮑伯？」吉姆說。

「那有什麼問題，你們想談多久就談多久。」

這個禮拜吉姆忙於試鏡、試裝和排演，沒機會見到她。他如今想到，原來自己對她的瞭解、她對他們的瞭解，是多麼地少。

「鮑伯似乎惹毛你了。」他說。

「他要我說一些正常人不會說的話。」

「好吧——或許如此。」他同意。「潘美拉，從你在這裡工作以來，有沒有說錯過台詞？」

「當然有——這是難免的吧。」

「聽著，潘美拉——鮑伯·格里芬賺的錢幾乎是你的十倍——這是有特殊原因的。並非因為他是好萊塢最傑出的導演——他並不是——而是因為他從不會說錯台詞。」

「他又不是演員。」她困惑地說。

「我是指現實生活中的台詞。我之所以找鮑伯來拍這部電影，是因為我時不時會說錯話，但他不會。他簽了一份金額高得離譜的合約——他不值這些錢，誰也不值這些錢。但他就是拿得到這筆錢，因為能說善道是這行待人接物的王道，而且他還學會絕口不提『我』這個字。那些才華高他三倍的人——包括製片、劇組人員、導演——全都給沖到下水道去了，就因為他們學不會這個。」

「我知道你在教訓我。」她沒把握地說。「但我不太懂。一個女演員有她自己的個性……」

他點點頭。

「而我們會付比任何地方都高五倍的酬勞——只要她能將個性擱到一旁，不拖累我們其他人。你現在就是在拖累我們，潘美拉。」

——我以為你是我的朋友，她的眼神透露著。

他又和她談了幾分鐘。他自認說出口的每一句話都發自內心，但因為曾兩次親吻過眼前這雙脣，他明白那雙嘴脣想從他身上得到的是支持與保護。他的所作所為只是讓她感到些微的震驚，發現原來他不是站在她那一邊。他傷透腦筋，也為她的孤立無援感到難過，只好走到小屋門口喊：

「喂，鮑伯！」

吉姆轉而去處理其他事務。回到辦公室時，他發現麥可．哈里斯正在等他。

「那女的又惹麻煩了。」

「我剛去處理了。」

「我指的是五分鐘前！」哈里斯嚷道。「你前腳一離開，她就闖禍啦！逼得鮑伯．格里芬中止今天的拍攝。他要過來了。」

鮑伯走進辦公室。

「就是有那種你永遠無法理解的人——搞不懂他們幹嘛要這樣。」

一時間，這三人沉默不語。被這局面攪得心煩意亂的麥可・哈里斯開始懷疑吉姆跟那女孩有一腿。

「讓我來處理，明早會給你們一個交代。」吉姆說。「我想我可以挖出這背後有什麼鬼名堂。」

格里芬猶豫不決，但吉姆眼中流露著一股私人的懇求之情——基於這十年來合作的夥伴情誼。

「好吧，吉姆。」他同意了。

他們走後，吉姆拿起電話打給潘美拉。他隱約意料到的事成真了，但當一個男人接起了電話，他的心仍不由自主地為之一沉。

4

除了訓練有素的護士，女演員是敗德男性最易捕獲的獵物。吉姆深知這些闖禍或失敗的女人背後，通常都有個花言巧語、自以為是的男人，他們會妄加干預，在夜半喋喋不休，盡出些餿主意以彰顯自己的男子氣概。這種男人的伎倆就是貶低女人的工作，永無止盡地質疑她上司的動機和智慧。

當吉姆抵達潘美拉先前搬進的比佛利山莊旅館小屋，已過晚間六點。中庭裡一座冰涼的噴泉對著十二月的冷霧無謂地灑水，他聽見三台收音機傳來鮑斯上校*宏亮的聲音。

房門開啟時，吉姆瞪大了眼睛。那是個年老的男人——一個彎腰駝背、枯槁乾癟的英國男人。他臉上因寒冬而受凍的紅斑正逐漸消褪。他穿著老舊的睡袍和拖鞋，把小屋當作自己家似的請吉姆坐。潘美拉隨後就來。

「你是她親戚？」吉姆狐疑地問。

「不是。我們是在好萊塢認識的，我和潘美拉，陌生異地的兩名陌生人。你在電影圈工作吧，這位……呃，你是……」

＊「鮑斯上校」（Major Bowes）是美國三零、四零年代紅極一時的選秀廣播節目《鮑斯上校的素人時間》（Major Bowes' Amateur Hour）的主持人名號。

「雷納德。」吉姆說。「是的，目前來講，我是潘美拉的老闆。」

男子的眼神為之一變——那濕潤的眼睛惹人注意地眨呀眨，老眼皮漿挺地撐著，嘴角朝下撇了又撇。吉姆正注視著一張極其歹毒的臉孔。緊接著，他的面容又恢復了原本的老邁溫和。

「但願潘美拉有受到合理的對待？」

「你在這圈子待過？」吉姆問。

「一直待到我身體垮掉為止。但我仍列名中央演員經紀公司的演員，這行的規矩以及那些背地裡掌控的首腦人物，我都摸得一清二楚……」

他闔上嘴。潘美拉開門走了進來。

「哎呀，你好。」她驚訝地說。「你們見過了？這位是令人尊敬的昌西．沃德——這位是雷納德先生。」

她那耀眼奪目的美，霎時捲進室內，有如風雨中得來的珍寶，令吉姆一時半刻透不過氣。

「我以為你今天下午就把我的罪狀都數清了。」她以一絲挑釁的口吻說道。

「我想在片廠以外的地方跟你談談。」

「別接受減薪。」老人說。「那是老把戲了。」

「不是那樣的，沃德先生。」潘美拉說。「到目前為止，雷納德先生一直都是我的朋友。但今天導演想讓我當眾出糗的時候，雷納德先生卻替他撐腰。」

「他們全是一丘之貉呀。」沃德先生說。

「不知道……」吉姆開口。「我能不能跟你私下談談？」

「我相信沃德先生。」潘美拉皺起眉頭。「他來美國已超過二十五年了，實際上，他現在是我的事業經理人。」

吉姆好奇這段關係到底是從多麼深的孤獨中萌生出來的。

「我聽說拍攝現場又出了問題。」他說。

「問題！」她瞪大了雙眼。「我可是聽到格里芬的助理罵我髒話。所以我罷工。如果格里芬託你來道歉，我不需要——從現在開始，你我間就是公事公辦，沒有別的。」

「他沒有要道歉。」吉姆不自在地說。「他是下了最後通牒。」
「最後通牒！」她驚聲叫嚷。「我有簽合約的，何況你是他老闆，不是嗎？」
「某種程度上來說，是的。」吉姆說。「不過拍電影講求的當然是團隊合作……」
「那就讓我試試跟別的導演合作。」
「為自己爭取權利。」沃德先生說。「只有這樣，他們才會記住你。」
「你這是在全力毀掉這個女孩。」吉姆平靜地說。
「你嚇唬不了我們的。」沃德厲聲說。「你這種人我見多了。」
吉姆再次望向潘美拉。他完全無能為力了。假如他們相愛，假如他們之間曾有機會擦出一點火花，她現在或許就能聽進他的話。但一切都為時晚矣。他彷彿感覺到屋外好萊塢漆黑的夜色中，電影工業的齒輪正開始快速轉動。他知道明日片廠開工時，麥可・哈里斯將會有新的計畫，而潘美拉將徹底被排除在外。
他又遲疑了片刻。他是個備受歡迎的男人，年紀尚輕，風評又好。他可以力保這個女孩，送她去學戲劇。他不能眼睜睜見她鑄下如此大錯。另一方面，他也擔心大家已在某幾個點上過分遷就她，繼而毀了她在這一行的前程。

「好萊塢不是個很有教養的地方。」潘美拉說。

「好萊塢是片叢林啊。」沃德先生附和。「盡是四處獵食的野獸。」

吉姆起身。

「好吧，那我這頭野獸就出去獵食了。」他說。「小潘，我很遺憾。為了你自己好，我認為你還是回英國找個人結婚比較明智。」

她的眼中瞬間閃過一絲疑慮，但她的自信、她年輕氣盛的自我本位，更甚於她的判斷力——她沒意識到此時此刻就是她最後的機會，而她正要永遠地失去了。

當吉姆轉身走出去的時候，機會就已不再。相隔數週後，她才有所意會。她收到了幾個月的薪津——是吉姆親自關照的——但她再也沒有踏進那個片廠，或是其他片廠。她悄悄上了黑名單，那名單不是黑紙白字寫成，而是在晚餐後的雙陸棋棋局中，或在前往觀看各種賽事的路途上，藉口耳相傳發揮著作用。餐館裡不時有具影響力的男人頗感興趣地打量著她，但打聽之後全都走進了同一條死路。

接下來幾個月裡她從未放棄——即使貝克早已對她失去興趣，她自己陷入了窮愁潦倒的生活，而那些人們拋頭露面、展示自我的場合再也見不到她的身影。六月時，她死了，並非死於悲痛或沮喪，而僅僅是平凡無奇的境遇。

5

吉姆聽到這消息時，只覺難以置信。他偶然得知她患了肺炎、住進醫院——致電問候，才發現她已病逝。「西碧兒·希金斯，女演員，英國人。得年二十一。」

她生前指定老沃德為受理後事之人。吉姆以尚有薪資未付清為託辭，安排足夠的錢給沃德支應喪禮開銷。他怕沃德會探究錢的來由，所以沒有出席喪禮，而是在一週後自行驅車到了墓地。

那是個漫長而晴朗的六月天，他在那邊待了一小時。整個城市處處可見盡情呼吸和享樂的年輕人，而這個英國小女孩竟不在其中，讓人覺得荒謬。他不斷試了又試，想為她把事情搓合得順利妥切，但為時已晚。那粉銀色的冰霜已然消融。他大聲說了再見，並承諾還會再來。

回到片廠後，他預約了一間放映室，把她的試鏡和那部電影已拍完的幾個鏡頭要來。黑暗中，他坐在一張寬闊的皮椅上，按下播放鍵。

試鏡的影片裡，潘美拉打扮得就像他那晚在舞會上初見她時的模樣。她看起來很快樂，而他很高興至少她還擁有過那麼一點快樂。那部電影鏡頭的膠卷開始轉動，影片斷斷續續地映在螢幕上，穿插著鏡頭外鮑伯·格里芬的聲音和場記為每個鏡頭打板的畫面。然後，輪到倒數第二個鏡頭上演時，吉姆吃了一驚，他看見她轉身背對著攝影機，低聲說：

「我寧可去死也不那樣演。」

吉姆起身回到辦公室，攤開她送來的那三張字條，重新讀了一遍。

……剛經過片廠，就想到你和那次兜風的情景。

——剛經過。她春天時打過兩通電話給他，他知道，他也想見她。無奈他幫不了她，也無法忍受向她直言以告。

「我不是很勇敢。」吉姆自言自語著。即便到了現在，他心裡仍存著恐懼，害怕這會如同他年輕時的回憶縈繞不去，而他不想變得不快樂。

過了幾天，他在配音室裡工作到很晚，結束後便順道走進住家附近的那間雜貨店吃個三明治。那是個暖和的夜晚，汽水櫃旁聚集了很多年輕人。他正打算結帳時，注意到有個人站在雜誌架前，越過手上的雜誌冊沿望著自己。他停下腳步——並不想拐過去就近看個清楚，然後發現那只是相似的一幕。但他也不想走開。

他聽見書頁翻動的聲音，接著透過眼角餘光瞧見了那本雜誌封面。是《倫敦新聞畫刊》。

他不覺得害怕——他太過迅速、太過拼命地思考著。如果這一切都是真的，他就能將她奪回來，再從那個地方、那個晚上接續下去。

「找您的錢，雷納德先生。」

「謝謝。」

他朝門口走，仍舊沒將目光轉過去。接著雜誌被闔起、落在書堆上，他聽見有道呼吸聲近在身旁。報販在對街喊著號外，一會兒後，他轉入了錯誤的方向——她的方向。他聽見她就在身後——如此清晰可聞，使他放緩了腳步，以免她跟不上。

在屋邸的中庭前他摟她入懷，將她那光采煥發的美麗臉龐拉近。

「給我一個晚安之吻。」她說。「我喜歡睡前的吻。我會睡得更香。」

——那就睡吧。他一邊想著，一邊轉身離去——睡吧。我幫不了你。我曾試著要幫你。當你帶著你的美麗來到這兒，我不想糟蹋，但不知怎的我還是糟蹋了。現在的你已一無所有，只有長眠。

崩潰
The Crack-Up

崩潰

一九三六年二月

1

無庸置疑，所有生命都是邁向崩潰的過程，只是那些充滿戲劇效果的打擊——那些冷不防由外界而來，或看似由外界而來的重大打擊——那些讓你銘記在心、訴諸怨懟，那些讓你在脆弱的時刻拿來向友人大吐苦水的打擊，並不會立即將其所構成的影響全部顯現。還有一種源於自身內部的打擊——這類打擊非到為時已晚，非到你徹底瞭解自己在某方面已殘破不全，是不會有所感覺的。第一類的破壞似乎來得快——第二類則會悄無聲息地降臨，卻讓你在一瞬之間恍然大悟。

在我繼續描述這段簡短的往事之前，且容我發表普遍觀察後的拙見——要評判是否具備第一流的智慧，就看心智中能否同時秉持兩種互相衝突的概念，而仍能正常運作。打個比方，人應該要能洞察事態已至絕境，卻仍決意要在絕處逢生、扭轉乾坤。此種哲學與成年之初的我大為相契。當時，我見識了許多令人難以置信、匪夷所思，甚至「不可能」的事成真。只要有本事，你就能掌控自己的人生。人生容易為才智和努力，或兩者某種比例的結合所折服。當一個成功的文學家似乎是件浪漫的事——你永遠不會跟電影明星一樣受歡迎，但得到的名聲或許更長久——你手中的權力雖永不及政治威權或宗教強人，但肯定更獨立自主。當然，做這一行會陷入永恆的不滿——但就我而言，我不會做其他選擇。

隨著二零年代過去，而我自身的雙十年華已早一步遠行，我那青少年時期的兩件憾事——因身材不夠壯碩（或能力不夠優秀）而無法入選大學足球校隊，以及戰時沒被派駐海外——都已化作一場場稚嫩的白日夢，供我在輾轉反側的夜裡咀嚼那段英雄式的自我想像。人生中的重大問題似乎都會自我排解，若是難以解決，便會讓人筋疲力竭，進而無法思考更為宏觀的問題。

十年前，人生有絕大部分都取決於個人作為。我得在努力的徒勞與奮鬥的必要，兩種感覺間保持平衡；一方面確信失敗乃無可避免，另一方面保有「成功」的決心——甚至，還得在陰魂不散的過去和備受期許的未來，這兩者的矛盾間取得平衡。如果我能藉一些常見的問題來做到這點——家庭上、職業上、個人上的問題——那自我便得以延續，如同從虛無射向虛無的流矢不斷飛行，勢頭之強勁，最終只有地心引力能將其拉回地面。

十七年來——包括刻意遊手好閒，大隱於市的一年——情況就是如此，一件件苦差事伴隨著美好的明日前景而來。我的生活艱難，但我告訴自己：「到了四十九歲，一切都會好轉。肯定是這樣。像我這般處境的人，也只能指望這個了。」

——然後，離四十九歲尚有十年，我突然意識到自己早已崩潰。

2

一個人崩潰的方式可以有很多種——可以在腦袋中崩潰——如此一來，自主權將會被別人奪走！可以在身體上崩潰，此時人只能到一片慘白的醫院報到；或者還可以是神經崩潰。威廉・西布魯克*曾在一本冷酷無情的書中，以某種驕傲的口吻和電影般的結尾敍述自己成為社會福利接濟者的經過。導致他酗酒，或說致使他酒不離身的，就是他那崩潰的神經系統。眼下，雖說這位作家並沒有多麼為酒精所累——這半年來，他小酌的量少於一杯啤酒——但他神經反射能力仍狀況百出——他有過滿的憤怒，也流下過多的淚水。

此外，再回到我的論點，人生有各式各樣的打擊，不過察覺崩潰並非和遭受打擊同時發生，兩者間有段緩刑期。

不久前，我才坐在一位傑出醫師的辦公室裡，聽著嚴肅的宣判。回想當時，我似乎頗為鎮定，在原本蜷居的城市中如常生活著，一反書中人物的作法，不過分掛心，不想手邊還有多少事尚待完成，也不思索種種責任歸屬問題；我有完善的保險，何況說穿了，我只是個二流的管理人，管理不善的手邊事務十有八九，甚至包括自己的才華。

* William Seabrook，為美國探險家、新聞工作者，畢生為撒旦崇拜和巫毒之識著迷不已，曾食用人肉。

但我有股突如其來的強烈直覺：我必須獨處。我完全不想見任何人。這輩子我已見識過許多人——我的交際能力平凡無奇，但超乎平凡地渴望將自身、自身的想法、自身的命運融入我有幸接觸到的所有階層。我始終在救人或被救——只消一個早晨，便足以讓我經歷威靈頓公爵在滑鐵盧所感受的種種情緒起伏。我存在的世界滿布神祕難測的敵意，也充滿堅貞不移的友人與支持者。

但現在的我渴望絕對的孤獨，於是安排自絕於所有日常關懷之外。

那段時日也不算難過。我遠走他方，往人少的地方去。我發現自己處於精疲力竭的狀態。我可以並喜歡成天無所事事，有時持續個二十小時或睡或寐，在睜眼的間隔中也堅決試圖不做任何思考——倒是條列了不少清單。我列了上百條清單，再將它們一一撕毀：騎兵部隊的將領、足球員、城市、受歡迎的歌曲和投手、幸福的時光、嗜好、曾入住的房舍、退伍後買下的西裝和鞋子（在索倫托買的那套西裝已經縮水，所以沒被列進清單裡。那些經年伴我東奔西跑，我卻從未穿戴過的無帶禮鞋、禮服襯衫和硬領也不予列入，因為鞋子受潮而起了粗粒，襯衫和領子發黃，過漿的地方也已腐壞了）。我還列了喜歡過的女人，以及遭受比我品格或能力遜色之人怠慢對待的次數。

——接著，突然間，出人意料地，我好轉了。

——然而一聽到這消息，我又像一只陳舊的碟子崩碎潰裂。

那就是這段故事真正的結局。事後該做的只能託付給時間，待時機成熟後，一切自會「應運而生」。單單這麼說就夠了：在獨自抱著枕頭一個小時之後，我越發明白自己這兩年來的生活，都在汲取著非我所擁有的資源，一直在肉體和精神上徹底地透支自己。與此相較，我的人生——我那一度以自己的人生方向為傲、堅守著長久以來獨立自主的人生——又得到什麼微薄的報償呢？

我理解到過去那兩年裡，為了保存某樣東西——或許是內在的寧靜，或許不是——我棄絕了原本喜愛的所有物事——從晨起刷牙到與友人共進晚餐，生活中每一項日常作為都變得耗神費力。我發現自己已有很長一段時間對人事物皆無動於衷，自己不過是遵循著老舊而不牢固的虛偽，假意去喜歡。即便面對那些至親之人，我的愛終究也降格成試圖去愛的努力。而那些萍水相逢的人際交往——跟編輯、菸販、朋友的小孩等等，也只是仿照往日，依記憶中該有的步驟去進行。在同一個月內，許多事情都變得令人深惡痛絕，諸如收音機傳出的聲響、雜誌上的廣告、鐵軌刺耳的磨擦音、鄉間的死寂；我蔑視人類的軟弱，卻又立即（儘管只是在私底下）對冷酷堅毅連聲撻伐；我憎惡無法成眠的夜晚，也討厭白晝，因為白晝總將隱沒於黑夜之中。我現在壓著心臟側睡，因為我知道越快使我的心臟筋疲力竭，哪怕只快一點點，噩夢的至福時刻便將越快降臨。那就像一場淨化過程，助我更神清氣爽地面對新的一天。

我眼裡還是容得下某些地點、某些面孔。我就像大多數的中西部人，僅有一絲絲種族偏見——我一直對迷人的斯堪地那維亞金髮女子有種秘密的渴望，就是那些倚坐在聖保羅市各大門廊，礙於經濟因素而無法躋身當時社交圈的女人。她們太過姣好，不宜就此「龜縮於室」，卻又太早離開農地，無法在陽光下占有一席之位。然而在我的記憶裡，我曾晃過一條條的街區，就為了一瞥那束綻放光澤的秀髮——一位我永遠不會認識的女孩頭上那抹金黃。這種話多麼都市人口氣、多麼不得人心，同時偏離了重要的事實，那就是其實近來我受不了眼前出現凱爾特人、英國人、政客、陌生人、維吉尼亞人、黑人

（不論膚色深淺）、狩獵者、零售商家的員工和普遍的仲介業者、所有的作家（我非常小心地避開作家，因為他們比任何人都更精於讓麻煩長存）——以及一切的階級，包括階級本身與歸屬於各階級中絕大部分的成員……

若要試圖喜歡些什麼，我會選醫生、約十三歲以下的小女孩，和大概八歲以上、具有教養的小男孩。跟這少數幾類人相處時，我的內心平靜而喜悅。忘了說我也喜歡老人——年逾七旬的老人。有時超過六十歲的老人也未嘗不可，只要他們有一副歷經風霜的面貌。我喜歡凱薩琳・赫本*呈現在螢光幕上的臉孔，不論外界說她多麼狂妄自負；也喜歡米麗安・霍普金斯**的臉。還有那些老朋友——前提是我一年只見他們一次，而且還記得他們的鬼樣。

這所有的一切何其缺乏人性和養分，對吧？哎，孩子們，這就是崩潰的真實前兆。

---

* Katherine Hepburn，為美國女演員，曾數度獲得奧斯卡最佳女主角獎，堪稱好萊塢傳奇人物。

** Miriam Hopkins，為美國女演員，演繹角色多變，主演的《浮華世界》（Becky Sharp）曾為她獲得一九三五年奧斯卡最佳女主角提名。

那可不是什麼好看的景像，勢必會在體制中被驅來趕去，並遭受各式各樣的批評。而在眾多的批評者裡頭，又勢必有這麼一號人物：她的人生會讓其他人雖生猶死——即便這回她扮演起約伯的安慰者*此等通常難以討好的角色。儘管這故事已經說完了，但還是讓我將與她的對話附錄於後吧：

「與其自怨自艾，聽著……」她說。（她總愛說「聽著」，因為她老是邊說話邊思考——**真正地**思考著。）她這麼說：「聽著，假設崩潰的不是你的內心——假設崩潰的是大峽谷。」

「崩潰的是我。」我充滿英雄氣概地說。

「聽著！世界只存在於你的眼中——你的意識之中。要多大或要多小都隨你高興，而你卻只想當個微不足道的個體。老天吶，如果是我崩潰，我會想辦法讓世界跟著我一

＊「約伯的安慰者」（Job's comforter）典出《舊約聖經》：約伯為災難和疾病所苦時，三位朋友前來陪伴、安慰，但他們的剖析議論反而加深約伯的痛苦，後衍伸為本欲安慰對方，卻使對方更加沮喪的人。

起崩潰。聽著！唯有通過你的認知，世界才存在，所以更好的說法是，崩潰的不是你——是大峽谷。」

「寶貝，別跟我扯斯賓諾莎那一套。」

「我不懂什麼斯賓諾莎，但我知道……」她接著講起自己昔日的苦楚（而在她講述的過程中，那一則則舊聞似乎比我的更加哀戚），傾訴著她如何遭遇、無視、擊潰這些悲痛。

聽完她說的話後，我心有戚戚焉，無奈我這個人思慮緩慢，同時我也意識到生命力是一種無法傳遞分享的自然力量。在精力有如免稅物品般廉價易得時，人們曾試圖分享——卻總是無法成功。用繁複的比喻進一步說明的話，生命力是無法「求取」的。你要麼有，要麼沒有，就像健康、褐眼、榮譽、中低的嗓音一樣可遇不可求。在過去，我或許曾向她求取過一些生命力，俐落地包裹好、打算帶回家料理消化，但我不可能真的擁有——就算我擺上一只自憐的錫水杯，枯等一千個小時也沒用。我大可自她家揚長而去，如同捧著碎裂的陶器般小心扶持自己，走進悲苦的大千世界，並就地取材，搭建我的棲身之所——然後在離開她家之後對自己引述這段話：

「你們是世上的鹽。鹽若失了味，怎能使它再鹹？」

——〈馬太福音〉第五章第十三節。

黏合

一九三六年三月

在上一篇文章中，作者談到他發現眼前這道料理，與自己當初為四十年歲時所點的菜並不相符。事實上——既然他和菜餚實為一體，便索性將自己形容成一只裂開的碟，一只令人納悶是否尚具留存價值的碟。閣下的編輯認為該篇文章觸及的面向甚廣，卻缺乏深入的寫照，或許多數讀者也有同感——還有一些人，他們始終覺得這類自我揭露的文章卑劣可鄙、不值一讀，除非作者在結尾處為其不屈不撓的靈魂，向諸神致上崇高的敬謝。

但我已敬謝諸神太久，而且還是平白無端地感謝。我想在個人的記錄中添上一筆輓詞，即便沒有尤根尼恩山*作背景為輓詞增色。我這輩子是見不到什麼尤根尼恩山了。

儘管這只裂開的碟子有時仍得被安置在餐具櫃中，作為必備的家用品持續發揮功能，不過它再也無法被放到火爐上加熱，也不能跟其他盤子堆疊在洗碗盆裡了。它上不了檯面，不過還可以在深夜時分用來盛些餅乾、裝些要送進冰箱的剩菜……

* 尤根尼恩山（Euganean Hills）位在義大利東北部，以美景、溫泉、美酒著稱，頗受文人雅士所愛，雪萊還以此寫下 "Lines Written Among the Euganean Hills"。

因此有了這篇續文——一只碎碟的後續發展。

目前治癒憂鬱之人的標準療程，就是請患者想想那些真正窮困潦倒或病痛纏身之人——這對任何普遍的鬱悶都一概適用，對一般人也是一項有益身心、值得嘗試的日間活動。但在凌晨三點鐘，當一個被遺忘的包裹具有重如死刑的悲劇性，這藥方是起不了作用的——而在靈魂真正黝暗的深夜，時時刻刻都是凌晨三點，日復一日。在那種時刻，人多會遁進幼稚的夢境中，盡可能長久地逃避應該面對的現實——然而與世界產生的種種聯繫，卻又不斷逼人從夢境中警醒。人會盡可能迅速且不經心地應付這種場合，然後再一次退回夢境，冀望事情會因為某些有形或無形的意外好運而自動消解。但隨著一次次的遁縮，好運臨門的機遇也一次次降低——人並非靜待著某一傷事的消殞，而是以一種不願的姿態睹視某種刑罰，睹視自身人格的瓦解……

除非發瘋、吸毒或酗酒，不然這階段終究會導向一條死胡同，繼之以一片空無的寂靜。在這寂靜中，你可以試著估量什麼東西被切斷了，什麼東西又被留了下來。只有這等時刻，我才意識到自己早經歷過兩次類似的體驗。

第一次是二十年前。當時大三的我身體不適，被診斷為瘧疾後便從普林斯頓休學。過了十二年，我照了X光片，才知道當時染上的其實是結核病——病情輕微，休養數月後我又回到學校。但我已失去了某些職務，其中最重要的是三角劇社社長一職，及一項音樂喜劇計畫的參與，還缺了一門課。對我來說，大學變成了一個異地，畢竟榮耀的徽章、獎牌都將不再。在某個三月的午後，我彷彿失去了每一樣令我渴求的事物——而在當天晚上，我頭一次追趕著女性的倩影。那陣子，這讓其餘的一切都顯得微不足道。

過了幾年，我才瞭解當不成大學的風雲人物也好——我沒在各委員會中擔當要職，反而在英詩的創作上鎩羽敗北。當我弄懂寫作是怎麼一回事，就開始學習如何寫作。若按蕭伯納的原則「如果得不到你所愛的，最好就愛你所有的」來說，我也算幸運了——在得知自己領導者的生涯已然告終的那一瞬，我可真是痛不欲生。

自此之後，我就狠不下心開除任何失職的僕役，因此對那些狠得下心的人大嘆折服。某種支配他人的古老慾望破碎了、消失了。放眼望去，週遭生活是一片莊嚴的夢土，而寫給他城之女的信件則是我賴以為生的養分。一個男人不會從這種打擊中復原——他會變成全然不同的人，最終，這個嶄新的人會找到嶄新的事物去關心。

另一段和我當前處境類似的舊事發生在戰後，當時我又一次過度插手、不自量力。這是那種因缺錢而破滅的典型悲劇式愛情。某天，女孩基於常理就這麼與我一刀兩斷。在滿是絕望的漫長夏日中，我不再寫信，轉而埋首於小說創作，結果還不錯——對一個全然不同的人而言結果還不錯。這男人口袋裡的錢幣咯噹作響，一年後順利娶了那女孩，而他也因此永遠對有錢有閒的階級懷抱一種恆久不變的懷疑與敵意——那並非革命者般的信念，而是農家子弟鬱積於心的怨恨。此後多年，我無法不去臆想朋友們的錢財究竟從何而來，也不斷思索或許他們之中的誰已對我的女人行使過初夜權*了。

有十六年的時間，我就如同上述那種人般生活著。我不信任有錢人，卻又為錢奔忙，欲藉金錢享受與他們同等的行動力及其中某些人生活上的風雅。這段期間，我有不少常乘坐騎紛紛飲彈身亡——我還記得其中幾匹的名字——自尊受挫、期望遇撓、不忠、炫耀、重創、再不可得。轉眼間，我已非二十五歲，然後甚至已非三十五歲，而最美好的

＊初夜權（droit de seigneur）為封建時期地主得以索取領地內婦女初夜的一種權利。

莫過於此。但我不記得這些年來，我什麼時候感到沮喪過。我見過真誠坦率之人經歷自我毀滅的黯然愁緒——有的撒手放棄，也有的調適好自己、踏上比我更遠大的成功之路。但我搬演某種不堪入目的個人秀時，我的士氣從來沒有沉落到自我厭惡的程度。煩惱跟沮喪未必攸關——沮喪自有其源，與煩惱不同，就像關節炎跟關節僵直本是兩回事。

去年春天，當天空刷上新色、阻隔了陽光，這幅景象起先並沒有讓我聯想到十五或二十年前發生的事。只是某些具族群相似性的過往漸漸浮現滲透——不自量力、蠟燭兩頭燒、消耗非我所有的身體資源，就像個透支銀行帳戶的人。這回打擊的衝擊力道比前兩次更猛烈，但本質並無不同——那是一種感覺，彷彿我於日落西山之時手持一把彈盡的步槍、雙腳立在廢棄的試射場，而槍靶已倒。舉目一無所用——只有寂靜伴著我自己的呼吸聲。

在這寂靜之中，我對哪項義務都懶得搭理，所秉持的價值盡皆萎縮。對秩序的熱烈信仰，對動機的漠視，對支持臆測和預言之後果的不屑一顧，對無論在何處，手腕與勤奮皆不可或缺的感想——這些信念，連同我其他的信仰，都一個一個被掃空。我發現在我成年時，小說本是人與人之間傳遞思想和情感最靈活有力的媒介，而今正演變成一種機械式、大眾化藝術的附庸。在好萊塢商人手上也罷、受俄羅斯理想主義者操控也罷，這樣的藝術都只能反映最陳腐老舊的思想、最平淡無奇的情感。這是種文字從屬於影像的藝術，其個性被削減為集體合作中照例出現的低速齒輪。早在一九三零年我就有種預感，料想有聲電影將會讓小說家——即便是最暢銷的小說家——如默片一般過時。人們依舊閱讀，就算只讀坎比教授[*]的每月選書——好奇的孩童在藥房書櫃上探尋著蒂芬妮·賽耶爾先生[**]的噁膩之作——但仍不免讓人感覺怨憤屈辱。對我來說，這幾乎成了一種擺脫不了的感覺，每當我意識到文字的力量臣服於另一種力量，另一個更流裡流氣、更低俗噁心的力量……

我將這些當作於漫漫長夜縈繞心頭的憂懼記錄下來——這是我無法接受也無力對抗

---

* Henry Seidel Canby，為耶魯大學教授，曾於二零年代擔任《紐約郵報》文學評論編輯。

** Tiffany Thayer，為美國演員、作家，其通俗言情小說常為文學批評家和小說家所詬病。

的事物，可能會讓我的心力變得過時而無用的事物，這是一股外來的力量，無可抵禦，宛如癱瘓小商家的連鎖商店——

（我彷彿在發表演說一般，望著面前桌上的一支錶，看看還有幾分鐘——）

好吧，既然來到這段寂靜期，我便不得不採取從沒有人會自願施行的手段：逼迫自己思考。老天，那可真難！就像把龐大笨重的秘密皮箱移來又移去。第一次用盡氣力而暫停思考時，我甚至懷疑自己過去有沒有認真思考過。許久之後，我得到以下這些結論：

一、我很少認真思考寫作以外的問題。二十年來，有位人士始終是我的智性良知：艾德蒙．威爾森*。

二、另有一人即是我所謂「美好人生」的代表，不過我十年來只見過他一次，而那次會面之後，說不定他也已經開始走下坡。在西北部從事皮草業的他不會希望自己的名

---

* Edmund Wilson，為美國作家、文學與社會批評家，曾為《紐約客》等知名雜誌撰寫書評，也因此促進大眾對海明威、福克納、納博科夫、費茲傑羅等多位小說家作品的認識與喜好。

字出現在這兒。但我在處境艱難時，倒曾試想如果是他，他會如何思考，又會採取什麼行動。

三、第三位當代人士一直是我藝術上的良知——我不曾模仿他那渲染力十足的風格，因為我自己的風格雖不過爾爾，仍是在他出版任何作品之前成形的。但當我陷入瓶頸，就有股強烈的引力拽著我朝他而去。

四、第四位則在我跟他人成功建立關係後，掌控這些關係：他告訴我該怎麼做、該怎麼說、該怎麼讓對方至少能感到一時的愉快（與波斯特太太如何用某種系統化的粗俗言詞，讓眾人徹底感到不悅的理論相悖）。最後一點總是叫我困惑，讓我想出門喝得不省人事，但這人見識過、分析過交際的把戲，也從中獲勝了，他的話值得一聽。

五、長達十年，除了用以作為創作的諷刺材料，我幾乎毫無政治良知可言。之所以再度關心起我理當配合運作的體制，都是拜一個小我許多歲數的人所賜。他為政治帶來一股熱情與清新的面貌。

因此「我」不再存在——我失去了建構自尊的依據——只剩下對苦差勞役無止盡的

承載能力，但我似乎連這等能力也不再擁有。沒有自我，這多離奇——就像一個小男孩被獨自留在一幢大房子裡，他知道現在可以為所欲為，卻又發現自己什麼也不想做——

（錶面顯示時間已過，我卻尚未進入正題。我不免懷疑這是否能引起大家的興趣，但若有人想繼續，我還有許多話可說，閣下的編輯會告知我的。若你覺得到此為止吧，直言無妨——只是別太大聲，因為我感覺有人，我不確定是誰，正酣睡著——某個原本可以助我繼續下去的人。此人不是列寧，也不是上帝。）

謹慎以對

一九三六年四月

我花了幾頁的篇幅說明一個極其樂觀的青年價值觀全面崩潰的經過，而且等到事過境遷後，他才察覺發生了什麼事。我也描述了接踵而至的荒涼孤寂時期以及堅持不懈的必要，只是少了威廉・亨利「頭破血流仍不屈」* 這種廣為人知的英雄辭令來稱頌。查核過我精神上債台高築的狀態後，我知道自己是沒那種可屈或不屈的頭了。我曾經有過一顆心，不過我能確定的也差不多只有這樣。

這至少是個起點，讓我從掙扎其中的泥沼脫身：「我感知——故我在。」曾幾何時，我為許多人所倚賴，他們遭遇困窘時會求助於我、從遠方稍信給我，堅信著我的建言和我的人生態度。不管是最令人生厭的陳詞販子還是手段最骯髒低劣的神棍，既能牽動這麼多人的命運，想必是擁有非比尋常的特質。那麼，眼下的問題就變成要找出我改變的理由和改變之處，我的熱忱和活力又是從哪一處未知的裂縫中，一點一滴不斷地提早流逝了。

＊原句（my head is bloody but unbowed）摘自威廉・亨利（William Ernest Henley）於維多利亞時期創作的短詩〈不倒的勇者〉（"Invictus"）。

一個憂煩與絕望纏身的夜晚，我為了釐清思緒而收拾好公事包，遠走千里。我來到一個單調乏味的小鎮，在那兒誰也不認識；我住進一間廉價旅社，還用光身上所有的錢買了一堆肉罐頭、餅乾、蘋果。先別誤會，我並非暗示從一個過度優渥的世界轉移到相對清苦的生活，便稱得上什麼「崇高的研究」*——我只想要絕對的寧靜，好仔細推敲自己漸漸以哀愁面對哀愁、以憂鬱面對憂鬱、以悲傷面對悲傷的因由——**我是為什麼會變成自己恐懼與憐憫的對象**。

聽起來像是種得天獨厚的殊榮？其實並不然：這樣的角色認同意味著成就的消亡。就是這種事把精神錯亂的狂人搞得無法工作。列寧並非自願承擔無產階級的痛苦，喬治·華盛頓對其麾下萬軍也是如此，狄更斯和倫敦的窮困人家之間亦如是。而當托爾斯泰嘗試將自己與關注的對象同化，結果就是一場虛假與失敗。因為大家對這些人物知之甚詳，我便以他們為例。

* 此處借用威爾斯（Herbert George Wells）於一九一五年問世的小說書名（The Research Magnificent）。該書主角將活得高尚、活得毫不保留奉為人生圭臬。

這是片危機四伏的迷霧。當華茲華斯決定寫下「榮光已由大地消逝」*，他並沒有非得隨著榮光一同消逝不可的感覺。而濟慈這顆熾烈的微粒**畢生都在和肺結核拔河，到他奄奄一息之時，他仍不放棄躋身英國詩壇的希望。

我的自體燃燒則浸透著黑暗。無庸置疑，那一點也不時髦——我卻在戰事爆發後陸續從其他人身上，從十幾位正直而勤奮的人們身上見證這種燃燒方式。（我聽見你說的話了，但那種說法未免過於單純——這些人中可是存在著馬克思主義者呀。）有半年的時間，我曾眼睜睜看著一個知名的同輩人士抱著不如歸去的打算；我也曾見過另一位同樣傑出之人因無法忍受與他人的交往，而在精神療養院待了好幾個月。至於那些已撒手而去、與世長辭的人，我可以列出一長串。

* 原詩行（there hath pass'd away a glory from the earth）摘自華茲華斯於一八零四年完成的〈頌詩：憶兒時而悟永生〉（"Ode: Intimations of Immortality from Recollections of Early Childhood"）。

** 濟慈的作品雖受時人所讚，仍有不少評論家給予低劣的惡評；他的文友甚至認為這些惡評是加重他病情的主因。拜倫以其獨具的智趣在作品《唐璜》第十一章中做了回應：「那熾烈的微粒／竟被一篇文章捻熄」（...that very fiery particle/Should let itself be snuffed out by an article）。

這讓我產生了一個想法，那些存活下來的人達成了某種徹底的脫逃。這是很強烈的形容，而且不同於越獄意義上的脫逃；越獄者多半正前往另一座監獄，或終將被迫返回原本的監獄。眾所周知的「避世」或「拋開一切」只是一種牢籠之中的遠足，即便這牢籠涵蓋了南太平洋，恰能撫慰那些想畫畫或航海的人。徹底的脫逃是再也無法回頭的；無可挽回，因為過去已從此不存。所以，既然我無法再履行人生賦予我的義務，或去盡我賦予自己的責任，何不就此劈開這裝腔作勢了四年的空殼？我必須繼續當個寫作人，因為這是我生存的唯一方式，但我不會再企圖當人，不會再企圖當個良善、正直或慷慨的人。生活的週遭有多少可以取代這些價值並順利流通的偽幣，我也知道一些用五分錢就能換取一塊偽幣的門路。三十九年的人生中，這明察秋毫的銳眼已能看穿哪杯牛奶摻了水、哪罐糖又混了沙，被誤認為鑽石的萊茵石、被當作石塊的灰泥。奉獻自我這種事將到此為止了——所有的付出都會被判為不法之舉，今後，這種行徑將被冠上新的稱號，名為「浪費」。

這個決定就像所有既真實又新穎的事物一般，令我生氣勃勃。作為某種起始，回到家後我要將一大把該扔到廢紙簍的信件全部丟棄。那些信無不打著不勞而獲的歪腦筋：讀一下這人的原稿、推銷一下這人的詩、無酬上電台節目、寫寫推薦語、接受個採訪、幫忙修一下這齣劇的情節、出面調解一下家務事、裝裝體貼或慈愛的樣子。

魔術師的帽子裡空空如也，而憑空取物向來是種巧妙的花招。現在，換個比喻來說，我已從樂善好施的好人名單上永久除名了。

令人陶醉的為惡感持續著。

我感覺自己就像十五年前，從長島大頸開出的通勤列車上，常見的那些目光如炬的男人——他們只要自己的房子分毫無傷，即使世界將於明日動盪傾覆也無所謂。我現在是他們其中一員了，可以隨時順口說出下列的條文鐵則：

「抱歉，公事公辦。」

或是：「這種事在出問題前就該想到了吧。」

或是：「這事不歸我管。」

再附上一抹微笑——啊，我會有笑容的。我還在努力練習微笑。那道微笑要兼備各種身分、融合這些人一流的特質：飯店經理、熟諳塵事的老狐狸、參訪當日的私校校長、有色人種的電梯服務員、正接受人像素描的脂粉小生、以市面上一半的價格獲得原料的生產者、面對新工作而訓練有素的護士、頭一次登上報紙版面的模特兒、被鏡頭掃過且前景看好的臨演、腳趾傷口感染的芭蕾舞者，而從華盛頓到比佛利山莊，那些得發揮他們擠眉弄眼的長才方得以活下去的人，其一致散發的慈愛容光當然也不可或缺。

聲音也是——我正接受一位老師指導發聲。待我練到爐火純青，喉頭將不會發出任何成見之聲，只會依從說話對象的意見。由於這些談話多半只求誘出一聲「好」，我和指導老師（一名律師）便專注練習這個，還額外加了課。我正學到如何將尖酸刻薄的口吻客氣地摻雜其間，讓對方不只覺得被拒於門外，而且絲毫不受尊重，時時被置於嚴苛的分析檢視之下。這種時候，微笑當然就免了。這種待遇會專門用來應付那些對我沒什麼好處的人，那些遲暮老頭或熱血青年。他們不會介意的——管他去死，反正這種事他們早見怪不怪了。

可是夠了，這事無關草率輕浮。如果你年紀尚輕，而且竟寫信求訪，想向我學習如何成為一個陰鬱的文學人，在面對許多正值巔峰的作家都難以負荷的情感枯竭時，仍能提筆書寫——假若你真的如此年少無知，幹出這檔蠢事，那我連收到來信都不會告知你，除非你確實跟哪位有錢有勢的人物有關係。若你正在我的窗外快要餓死了，我會迅速跑出去，為你送上那副笑容與嗓音（握手或許就免了），並在有人掏出五分錢打電話叫救護車之前，一直待在你的身邊——前提是，我認為這過程中將出現值得一書的題材。

我現在終於成為一名純粹的寫作人了。過去我不斷設法成為的那種人已是一種負擔，我得比照在週六夜放過仇敵的黑人婦女，以鮮少的愧疚「放他一馬」。且將這些職責都留給好人吧——讓夙夜匪懈的醫師死而後已，整年只有一星期的「長假」全心處理家務事。至於好吃懶做的醫師，就讓他們賭骰子來爭搶病人好了，賭一次一塊錢。讓戰士命喪沙場，並立即將他們名列合乎軍階的忠烈祠。這是他們和諸神締訂的契約。一個作家不需要具備這些理想，除非他為自己捏造了這些理想，不過我這位作家是已經放棄了。那源自歌德、拜倫、蕭伯納一脈相承的傳統，並添加豐富的美式色彩，還融匯了摩根[*]、托普漢・波克萊[**]、聖方濟[***]等人的特質，成為一個完人的古老夢想——已被拋擲到垃圾堆裡，與那件上過普林斯頓大學新生足球場、只穿過一天的護肩，和從未被戴出海外的軍便帽為伍。

那又怎樣？我現在是這麼想的：有限的不幸就是一個具有感知能力的成年人自然的狀態。我也認為，成年人內心那股想在本質上精益求精的慾望，那種「恆久的奮戰」（正如人們所謂「會吵的才有飯吃」），到了最後只是徒增我們的不幸——並順勢終結了我們的青春與希望。以往我感到幸福時常會陷入一股狂喜之中，這情緒如此強烈，就連最為親密的人也無法與其分享，只能在僻靜的街道巷弄間散步排解，獨留可以精煉成句、放入書中的些許斷片——而我認為我的快樂，或自我欺瞞的才華，或隨你怎麼形容，是個例外。那並非自然狀態，而是反常——就如股市暴漲一樣反常。而我近期的經歷則類

* John Pierpont Morgan，為美國著名銀行家。

** Topham Beauclerk，為十八世紀英國貴族，以機智談吐及高雅品味聞名。

*** St. Francis of Assisi，為中世紀天主教封聖教士，是崇尚自然與生態的方濟會創辦人。

似股市回落時橫掃全國的絕望浪潮。

我會設法與自己新的天命共存，雖然我花了好幾個月才釐清那是什麼。誠如可笑的禁慾主義讓美國黑人得以忍受其不堪的存在狀態，卻也讓他們失去了現實感──那麼，就我的情況來說，同樣也得付出代價。我不再喜歡郵差、雜貨店老闆、編輯、表妹的丈夫，反之，對方也會漸漸不喜歡我，於是我的生活將變得不甚愉快，我家門楣也將永遠掛著「內有惡犬」的告示牌。話雖如此，我會試著做一隻符合期望的動物，你如果丟給我一根骨頭，骨頭上還帶了不少肉，或許我會走上前去，甚至舔舔你的手。

譯後記：

讓我們朝黑暗走去

劉霽

伍迪艾倫在《午夜巴黎》一片中藉著一輛通往過去的車，帶領觀眾重回上世紀二零年代人文薈萃的巴黎，畢卡索、達利、布紐爾輪番登場，當然還有海明威及費茲傑羅。一人出版和逗點文創的兩位出版人都看了這部電影，也深深著迷於那燦爛繽紛的黃金年代，於是兩人決定從文學出發，共同推出海明威與費茲傑羅的選集，期望讓更多人一同坐上神奇的時光車。逗點選擇了陽剛的海明威，我則選擇了屬於夜晚的費茲傑羅。

電影中時光車只在午夜開出，而風華絕代的巴黎也只以夜晚的面貌出現，為什麼呢？因為夢境只屬於夜晚？還是那些偉大的藝術家們都對黑暗的夜有種無可自拔的陷溺？能寫下「在靈魂真正黝暗的深夜，時時刻刻都是凌晨三點，日復一日。」的費茲傑羅肯定是黑夜的俘虜，那黑甚至深入了他的靈魂。黑暗中的飛蛾撲火幾乎就是費茲傑羅一生的寫照，也是他小說中一再演練的主旋律。對金錢、對名聲、對愛情、對文學他都有太多難以滿足的崇高理想與渴求，但他也比任何人都清楚在這些渴求的背後，除了幻滅，別無其他。正如《大亨小傳》結尾的意象：人只能像扁舟在黑暗中浮沉掙扎，而綠光永遠可見不可及。多數人都是如此沉浮於世，有些對這種掙扎毫無所覺，有些有所感卻只能默默承受。費茲傑羅的才華就在於，他不僅意識到，而且有能力用優美而準確的文字將這種掙扎化為篇章。但為了訴諸文字，他就必須比一般人更深入、更全神貫注地面對這些黑暗之處，而這同時也一點一滴摧毀了他。

於是在他為數甚多的短篇小說中，我選出了四篇最能顯現這種眼見正走向某種毀滅，卻又莫可奈何、無能為力，徒留悵然的故事。並大致依故事的時間跨度與背景涵蓋範圍，由大而小排列，希望讀者一路讀下來能有漸漸深入某種幽暗核心的感覺。最後再加上費茲傑羅晚年真誠自剖精神狀態的散文〈崩潰〉，讓讀者能更清楚地感受他是在多麼深的黑暗之中，苦苦掙扎。

而為什麼人要這樣走入黑暗，乾淨明亮、開開心心地生活不好嗎？對費茲傑羅以及許多人來說，這或許是別無選擇的，也或許他們在黑暗中看見了夢，看見了其他人看不見的光，那光璀璨華美遠超過任何事物，於是他們毅然決然撲了上去。

正是相同的情懷讓我們都欣然踏上了午夜的馬車，駛向未知。在據說出版業將邁入黑暗的黃昏之時依然投身其中，因為我們相信那其中有光，費茲傑羅曾用生命帶著我們見過。

Francis Scott Key Fitzgerald NO. 01

國家圖書館出版品預行編目資料

冬之夢：費茲傑羅短篇傑作選 /
史考特・費茲傑羅(F. Scott Fitzgerald)著；劉霽譯.
-- 初版. -- 臺北市：一人, 2012.09
224面； 13*19.8公分

譯自：Winter Dreams : Selected Short Stories of F. S. Fitzgerald
ISBN 978-986-85413-7-5(平裝)

874.57　　101015275

冬之夢—費茲傑羅短篇傑作選

作者　史考特・費茲傑羅 F. Scott Fitzgerald
選文翻譯　劉霽
校訂　陳婉容
編輯　劉霽
封面設計　小子
版面設計　陳恩安
出版　一人出版社
地址：臺北市南京東路一段二十五號十樓之四
電話：(02)25372497
傳真：(02)25374409
網址：Alonepublishing.blogspot.com
信箱：Alonepublishing@gmail.com
總經銷　聯合發行股份有限公司
電話：(02)29178022
傳真：(02)29156275
二〇一二年九月　初版
二〇一二年十一月　二版
定價新台幣二五〇元